La guerre, yes sir !

Du même auteur
dans la même collection

Les Enfants du bonhomme dans la lune, contes, 2007.
Jolis Deuils, contes, 1999.
La Céleste Bicyclette, théâtre, 1997.
La Dame qui avait des chaînes aux chevilles, roman, 1988.
Le Jardin des délices, roman, 1985.
Le Deux Millième Étage, roman, 1983.
Il est par là, le soleil, « La Trilogie de l'âge sombre », tome 3,
        roman,1981.
Floralie, où es-tu ?, « La Trilogie de l'âge sombre », tome 2,
        roman, 1981.

Roch Carrier

La guerre, yes sir !
La Trilogie de l'âge sombre 1

Roman

Catalogage avant publication de Bibliothèque et Archives nationales du Québec et Bibliothèque et Archives Canada

Carrier, Roch, 1937-
    La guerre, yes sir !
    Réédition
    (10/10)
    Éd. originale : c1968.

ISBN 978-2-923662-00-8

I. Titre. II. Collection : Québec 10/10.

PS8505.A77E54 2007   C843'.54   C2007-941435-4
PS9505.A77E54 2007

Direction de la collection : Romy Snauwaert
Logo de la collection : Chantal Boyer
Maquette de la couverture et grille intérieure : Tania Jiménez, Omeech
Infographie et mise en pages : Marike Paradis
Couverture : Caroline Marcant et Marike Paradis

Remerciements
Les Éditions internationales Alain Stanké reconnaissent l'aide financière du gouvernement du Canada par l'entremise du Programme d'aide au développement de l'industrie de l'édition (PADIÉ) pour ses activités d'édition. Nous remercions le Conseil des Arts du Canada et la Société de développement des entreprises culturelles du Québec (SODEC) du soutien accordé à notre programme de publication. Gouvernement du Québec – Programme de crédit d'impôt pour l'édition de livres – gestion SODEC.

Groupe Librex inc.
Une société de Québecor Média
La Tourelle
1055, boul. René-Lévesque Est
Bureau 300
Montréal (Québec) H2L 4S5
Tél. : 514 849-5259
Téléc. : 514 849-1388

Dépôt légal – Bibliothèque et Archives nationales du Québec et Bibliothèque et Archives Canada, 2008
ISBN 978-2-923662-00-8

Diffusion au Canada :
Messageries ADP
2315, rue de la Province
Longueuil (Québec) J4G 1G4
Téléphone : 450 640-1234
Sans frais : 1 800 771-3022

Diffusion hors Canada :
Interforum

Je voudrais dédier ce livre,
que j'ai rêvé,
à ceux qui l'ont peut-être vécu.

R. C.

Joseph ne haletait pas.

Il venait comme l'homme qui marche vers son travail.

Sur la bûche, mettrait-il sa main droite ou sa gauche ? Sa main droite était plus forte, travaillait mieux. Sa main gauche était forte aussi.

Joseph étendit les cinq doigts de sa main gauche sur la bûche.

Il entendit une respiration derrière lui. Il se retourna. C'était la sienne.

Ses autres doigts, son autre main, saisirent la hache. Elle s'abattit entre le poignet et la main qui bondit dans la neige et se noya lentement dans son sang.

Joseph ne voyait ni la tache rouge, ni la main, ni la neige.

Quand la hache trancha l'os, Joseph ne ressentit qu'une caresse chaude ; il souffrait depuis qu'elle était enfoncée dans le bois.

Cette fenêtre embuée qui le séparait de la vie peu à peu fut transparente, très claire. Joseph mesura, en un instant de vertigineuse lucidité, la peur qui l'avait torturé durant de longs mois :

— Leurs Christ d'obus auraient fait de la confiture avec moi...

Il enfonça son moignon dans la neige.

— Avec leur maudite guerre, ils ont fait de la confiture avec Corriveau... Ils ne m'auront pas... La confiture, c'est moi qui la ferai, l'automne prochain : des fraises, des bleuets, des groseilles, des pommes rouges, des framboises...

Joseph éclata d'un grand rire qu'il entendit monter très haut, dans l'espace au-dessus de la neige. Il ne s'était jamais autant amusé depuis le début de la guerre. Des villageois entendirent sa voix. Il appelait au secours.

***

Amélie, du bout du manche de son balai, frappa au plafond. C'était un code. Elle écouta. Un mouvement chuchota dans le grenier : un homme habitué à se mouvoir silencieusement. Rien ne bougea plus. Puis un miaulement se fit entendre. Cela signifiait :

— Y a-t-il du danger ?

Alors, Amélie s'écria :

— Descends, impuissant !

Des objets lourds glissèrent, une trappe s'ouvrit dans le plafond, une botte apparut, puis l'autre et des jambes : Arthur se laissa tomber, une carabine à la main, un manteau plié sous le bras.

— Mais non, tu n'as pas besoin de tout ce bagage... Viens te coucher, ordonna Amélie.

Arthur tournait sur lui-même, cherchant un endroit où déposer ses affaires.

— Viens te coucher, Arthur, insista Amélie. Dépêche-toi. Ces hommes, ils ont les pieds pris dans la mélasse. Je me demande pourquoi nous en avons tant besoin. Arthur, jette ton paquet dans le coin et viens te coucher.

Une autre tête apparut dans l'ouverture, Henri :

— C'était mon tour de coucher avec toi, ce soir, gémit-il.

— Toi, lança Amélie, tais-toi, tu empêches les enfants de dormir.

— C'est mon tour, ce soir...

— Tu auras ton tour. Va te cacher.

— Ce n'est jamais mon tour, protesta Henri. Es-tu ma femme ou tu n'es pas ma femme ?

Amélie se planta sous la trappe du grenier, les poings sur les hanches et commença à cracher des injures ; Henri n'entendait rien, ébloui par le gouffre des seins que lui dévoilait l'encolure de la robe.

— Oui, je suis ta femme, assurait Amélie, mais si je n'étais pas aussi la femme d'Arthur, je n'aurais pas eu d'enfants de lui.

— Il n'y a plus de justice, pleurait Henri. Depuis que cette maudite guerre est commencée, il n'y a plus de justice.

On avait obligé Henri à se costumer en soldat. On l'avait poussé dans un bateau. On l'avait débarqué en Angleterre.

— Qu'est-ce que c'est l'Angleterre ? demandaient les commères à Amélie qui n'était pas peu fière d'avoir un mari soldat en Angleterre.

— L'Angleterre, c'est un pays des vieux pays. Il y a d'abord la mer. La mer, c'est grand comme le monde. De l'autre côté, c'est l'Angleterre. C'est au bout du monde, l'Angleterre. C'est loin. On ne peut même pas aller là en train. Eh ! oui, mon Henri est en Angleterre. Il fait la guerre aux Allemands. Puis, quand il ne reste plus d'Allemands, Henri balaie les planchers de l'Armée, en Angleterre.

Elle interprétait ainsi les lettres d'Henri. Mais elle savait, par son intuition de femme, qu'Henri passait son temps à boire et à caresser les fesses des femmes d'Angleterre.

— Un homme seul, pensait Amélie, c'est un matou, puis, dans ces vieux pays, ils n'ont pas de religion ni de morale...

Amélie, dans ses prières, demandait souvent au bon Dieu que si Henri devait se faire tuer par un Allemand, qu'il n'ait pas l'âme sale comme ses bottes. Le bon Dieu ne pouvait lui refuser cela.

Henri était parti depuis plus d'un an. Une nuit, on frappa à la porte. Amélie hésita à ouvrir, inquiète. On ne frappe pas la nuit, à la porte d'une femme de soldat au front en Angleterre, sans un motif très sérieux. Amélie se décida enfin à lever le loquet. Elle ouvrit. C'était Arthur, carabine à la main.

— Ne me tue pas, implora-t-elle, fermant de sa main l'encolure de sa robe qui retenait difficilement sa poitrine.

Arthur fixa un instant la main fermée et la robe gonflée :

— Je veux me cacher. Cache-moi.

Amélie se recula pour qu'il entre.

— C'est à cause de la guerre ? Si elle continue longtemps, toutes les femmes auront un homme caché sous leurs jupes.

Arthur rit.

— Les chiens de la police militaire sont à mes trousses. Ils sont venus chez moi, les policiers et les chiens. Je me suis esquivé par la porte arrière. J'ai tué un des chiens. Je ne veux pas faire leur maudite guerre.

— Henri fait la guerre...

— Je ne veux pas me faire déchirer la figure dans leur maudite guerre. Est-ce qu'ils nous ont demandé si nous la voulions, cette maudite guerre ? Non. Mais quand ils ont besoin de bras pour la faire, cette maudite guerre, alors là, ils nous aiment bien. Moi, je ne veux pas perdre un seul cheveu à leur maudite guerre.

Il semblait à Amélie qu'Arthur avait beaucoup plus raison qu'Henri. Son mari se laissait toujours attraper par quelqu'un ou quelque chose…

— Je ne veux pas faire leur guerre. Les gros ont décidé de faire leur guerre. Qu'ils la fassent seuls, sans nous… Que les gros se battent, s'ils le veulent ; ça ne leur fait pas mal puisqu'ils recommencent toujours. Qu'ils s'amusent, mais qu'ils laissent les petits s'amuser comme ils le veulent.

Amélie acquiesçait ; Arthur avait raison. Henri se trompait.

— C'est la fin du monde.

— Mon Dieu, c'est-il possible ?

— Oui, madame.

— Mon Dieu, soupira Amélie en levant les bras en un geste de supplique.

Un sein bondit par la robe ouverte. De la main, Amélie le repoussa à l'intérieur.

— Tu coucheras dans le grenier, dit-elle.

Arthur dormit dans le lit d'Amélie. Quand ils s'éveillèrent, à l'aube, Amélie lui dit :

— Il y a les vaches à traire.

— Ça, c'est mon travail.

Arthur se leva, s'habilla, prit en sortant le veston d'Henri, accroché près de la porte. Il revint avec le lait :

— Les vaches étaient contentes de voir un homme, je t'assure.

— Et moi, dit Amélie, penses-tu que je n'étais pas contente de voir un homme ?

Les enfants vinrent se ranger autour de la table et Arthur leur parla de la guerre qui tuait les enfants et des Allemands qui découpaient les petits enfants en morceaux pour nourrir leurs chiens.

— Moi, dit l'enfant qui louchait, s'il y a un Allemand qui vient ici, je lui enfonce ma fourchette dans un œil.

— Moi, dit une petite fille, je vais lui lancer un caillou dans ses lunettes et le verre va lui crever les yeux.

— Moi, dit l'aîné, je vais lui mettre une couleuvre dans un verre de lait, et il va boire la couleuvre.

— Moi, dit le plus petit, je vais aller faire la guerre comme mon père.

— Taisez-vous ! trancha Amélie. Soyez bien contents d'avoir quelque chose à manger.

— Moi, expliqua Arthur, je n'aime pas la guerre parce qu'à la guerre, il y a des petits enfants qui sont tués ; je ne veux pas que des petits enfants soient tués.

Ces paroles firent d'Arthur le père des enfants.

Amélie rayonnait. Henri, qui était leur vrai père, n'avait jamais su parler aux enfants. Arthur, qui était un célibataire, savait. Personne ne pensa qu'il devait repartir. Neuf mois plus tard, les enfants, un matin, trouvèrent dans le petit lit deux jumeaux pleureurs et affamés. Un gros rire secoua Amélie :

— Les autres sont plutôt les miens que les tiens. Les jumeaux sont à nous.

Arthur s'occupa des travaux de la ferme, des animaux, jamais tout à fait libre, cependant, toujours menacé de voir surgir dans son dos les chiens de l'armée. La ferme n'était plus une ferme abandonnée. Amélie cajolait Arthur comme son enfant le plus sage.

Un soir, Henri apparut dans la porte :

— Il était temps que tu reviennes, remarqua Amélie, nous commencions à t'oublier.

— Je viens seulement pour quelques jours. Il faut que je retourne.

— Pourquoi t'ont-ils renvoyé ici ?

— Je suis fatigué. C'est fatigant la guerre.

— Pendant que tu es ici, qui va se battre contre les Allemands ?

Henri se laissa tomber sur une chaise :

— C'est fatigant, la guerre.

— Tu penses, répliqua sa femme, que je ne suis pas fatiguée, moi que tu as laissée avec tes enfants. Tout le monde est fatigué. Les jumeaux m'épuisent ; mais je ne me plains pas de ma fatigue, moi.

— Les jumeaux ?

— Oui, les jumeaux…

Henri ne comprenait rien. À la guerre, il avait pensé souvent à ses enfants. Ce n'était pas possible qu'il ait oublié ses jumeaux. Peut-être étaient-ils très jeunes à son départ. Ce n'était pas possible qu'il ait oublié qu'il avait des jumeaux. Un homme qui a des jumeaux ne les oublie pas.

— Des jumeaux, expliquait Amélie. Deux couples de jumeaux. J'ai deux couples de jumeaux. Parce que Monsieur voyage, parce que Monsieur se promène, parce que Monsieur se pense obligé d'aller à la guerre, Monsieur croit que la terre s'arrête de tourner. J'ai des jumeaux ; deux couples de jumeaux. C'est simple, je les ai transbahutés là (elle se frappait le ventre) et puis, ils sont sortis.

— Ce qui m'intéresse, c'est de savoir comment ils sont entrés.

— J'ai des jumeaux, trancha-t-elle à la fin, et ils sont bien vivants.

Ce soir-là, on se chamailla, on se battit, on frappa les enfants qui pleurnichaient, on se donna coups de pied et coups de poing. Quand on fut exténué, on fit la paix.

Après sa longue absence, Henri méritait d'être bien reçu. Henri coucherait donc avec sa femme. À l'avenir, Henri et Arthur auraient leur nuit, tour à tour, aussi longtemps que durerait le séjour du soldat en permission.

Au dernier jour de son congé, Henri refusa de quitter Amélie, le village, pour retourner à la guerre.

— Deux hommes dans une maison, c'est trop pour une seule femme, s'acharnait à lui expliquer Amélie. C'est la guerre. Il faut quelqu'un pour la faire. Il faut des hommes à la guerre et des hommes à la maison. Tous les hommes ne peuvent rester à la maison. Quelques-uns doivent partir. Les plus braves deviennent soldats et partent se battre.

Arthur ajoutait ses arguments avec un ton de reproche :

— Les Allemands s'en viennent avec des bottes qui tombent par terre comme des coups de hache et toi, tu veux rester ici à fumer ta pipe.

Henri frappait la table à coups de poing ; les enfants pleuraient de partout dans la maison :

— Toi, hurlait-il, toi, est-ce que tu fais la guerre ?

Arthur alluma sa pipe et il répondit calmement à travers la fumée :

— Tu es un soldat…

— Des Allemands ! Je n'ai jamais vu un hostie d'Allemand.

— Tu es un soldat, tu as l'uniforme, les bottes ; moi, je suis un fermier, et un père de famille ; j'ai deux couples de jumeaux et Amélie grossit encore. Tu es un soldat. Les soldats ont comme devoir de protéger les fermiers pères de famille, les enfants, le bétail, la patrie.

Henri ne retourna pas au front.

— Depuis cette tabernacle de guerre, il n'y a plus de justice, geignait-il, la tête pendant dans l'ouverture de la trappe. Ce n'est jamais mon tour. J'aurais dû finir comme Corriveau. Corriveau ne voit plus rien.

— Vous êtes des hommes, dit Amélie avec des ronrons dans la gorge, vous devriez vous conduire comme des hommes et non comme des enfants. Entendez-vous pacifiquement. Ce n'est pas la peine de vous faire la guerre. Chacun votre jour dans mon lit, c'était notre loi. Elle n'est pas difficile à comprendre. Chacun votre nuit… Moi, je ne peux pas toujours savoir de qui c'est le tour. Je ne peux pas toujours savoir si hier, c'était Henri qui était avec moi ou si c'était Arthur. Ferme la frappe, Henri, et ne fais plus de bruit. Tu sais que l'on cherche les déserteurs et que l'on trouve ceux qui font trop de bruit.

Elle empoigna Arthur par le bras :

— Viens. Au fond, ce n'est pas drôle pour ce pauvre Henri. Il voudrait passer ses journées dans mon lit. C'est dur, la guerre !

Henri suivit des yeux sa femme et Arthur jusqu'à ce qu'ils aient disparu dans la chambre :

— Calice d'hostie de tabernacle ! Si la guerre peut finir.

Il ferma la trappe et glissa dessus des objets lourds.

Amélie tourna le dos à Arthur, elle déboutonna sa robe. Arthur l'observait. Il résistait au désir de bondir sur elle et de lui écraser les seins dans ses mains. Elle laissa glisser sa robe ; la chair molle, blanche et luisante de son dos et de ses hanches aveuglait Arthur. Ce dos, il ne pourrait jamais s'y habituer. Elle se courba pour enlever sa culotte qu'elle laissa glisser contre ses jambes. Alors elle se tourna vers Arthur. Il tressaillit à l'idée qu'il ferait son nid dans cette chair.

— Corriveau, dit-elle, arrive demain.

Elle s'abattit sur le lit sans tirer les couvertures :

— Dépêche-toi, dit-elle, j'ai froid. Tu entends le vent ? C'est triste, un vent d'hiver. Dépêche-toi. Viens.

Arthur s'étendit sur le lit :

— J'avais oublié que Corriveau arrivait demain. Comme il aura avec lui une suite de soldats, Henri et moi ne risquerons pas de sortir de la maison. Corriveau va se tordre de rire dans son cercueil.

Il palpait avec ravissement la chair généreuse. Amélie gloussait. Mais les doigts se lassèrent. La main n'était pas affamée. Elle retomba sur le drap.

— Corriveau a été parti trois ans, dit-il. Je me souviens : c'était aux premiers jours d'automne. Il ne pensait pas partir pour aussi longtemps.

— Il pensait surtout revenir.

— Oh ! je ne sais pas s'il avait envie de revenir. Le dernier mot qu'il a dit, je m'en rappelle comme si c'était hier : « Enfin je vais avoir la paix ! » Il a dit cela. Je l'entends encore.

— À la guerre, le temps doit passer vite, dit-elle.

Le sexe d'Arthur était trop pacifique.

— Être absent trois ans et revenir dans son cercueil, ce n'est pas une vie. Qu'on ait un cortège de soldats ou pas de cortège !

— Mourir, murmura Amélie, c'est triste.

— Mourir à la guerre, c'est bien triste.

— Pauvre Corriveau.

Amélie avait roulé sur Arthur ; il s'arracha des seins lourds, du ventre brûlant, sortit du lit, ramassa ses vêtements, saisit le balai, frappa au plafond selon l'accord. Les objets lourds glissèrent au grenier, la trappe s'ouvrit, la tête d'Henri apparut. Il vociférait :

— On ne peut plus dormir, on se fait voler sa femme légitime bénie par le curé et puis, on nous dérange trois ou quatre fois par nuit, et autant le jour. La paix ! Je veux l'hostie de paix !

Arthur guettait une seconde de silence pour parler. Elle vint :

18

— C'est triste de revenir de la guerre dans son cercueil.

— C'est triste, mais ce n'est pas une raison de déranger tout le village.

— Moi, ça me remue l'âme, le cœur, le foie, les intestins que Corriveau soit mort.

— Remue-toi tout ce que tu veux, ça ne le ramènera pas.

— C'est triste, il avait notre âge.

— Il était plus jeune que nous, précisa Henri.

— Mourir, moi je ne pourrais pas supporter cela.

— Qu'est-ce que tu as à piétiner sous ma trappe comme un chat qui pisse dans le son ?

— Je monte au grenier. Si tu veux, Henri, prends ma place.

— Ouais…

— Prends, expliqua Arthur, prends mon tour ce soir. Mais demain ce sera mon tour.

***

Le cochon échaudé bien ouvert, l'intérieur du corps d'un rouge vif, avait les deux jambes arrière ficelées à une échelle sur laquelle Arsène l'avait étendu. L'aîné de ses quatorze enfants, qui connaissait bien ce genre de travail, empoigna une patte avant de l'animal, l'étira de toutes ses forces, son pied prenant appui sur un échelon. Quand la bête fut suffisamment allongée, il ficela la patte à une traverse et saisit la quatrième patte pour recommencer la même opération. Ensuite, Arsène et son fils levèrent l'échelle de façon qu'elle fût verticale et l'appuyèrent contre un mur de la grange. L'adolescent contempla le cochon déshabillé de sa peau, l'intérieur de la bête comme une immense blessure rouge.

— Chaque fois que je vois un cochon ainsi installé, je ne peux m'empêcher de penser au Christ sur le Calvaire.

— Philibert ! hurla son père. Athée ! Damné ! Demande au plus vite pardon au bon Dieu et viens ici que je te botte le cul !

Philibert ne broncha pas, les yeux rivés au cochon ouvert. Son père s'approcha de lui en grommelant qu'il était un blasphémateur infernal, qu'il attirerait sur la maison les malheurs comme la fièvre aphteuse, le tonnerre, le cancer, des dettes et des enfants bossus.

— Chaque fois que quelqu'un insulte le Christ, le Pape et les choses saintes, il le paie, expliqua Arsène.

Il aurait voulu que son fils comprît, mais il savait que la douceur n'est jamais efficace. Alors il enfonça sa botte dans les fesses de Philibert et il recommença jusqu'à ce que sa jambe fût fatiguée.

Des larmes coulaient aux yeux de Philibert. Était-ce donc cela, la vie ? Était-ce donc pour cela qu'un enfant devait honorer son père aussi longtemps qu'il vivrait ? Philibert n'avait pas envie d'honorer son père. Il ne l'honorerait pas jusqu'à la fin de ses jours. Il partirait bientôt comme tous les adolescents du village. Les adolescents partaient du village parce qu'ils ne voulaient plus honorer leurs pères jusqu'à la fin de leurs jours. Philibert savait ce qu'il voulait devenir le jour où il partirait… Et il ne reviendrait pas avant d'avoir oublié les coups reçus au derrière. Comme ces coups, pensait-il, ne doivent pas s'oublier, il ne reviendrait jamais, peut-être.

— Tu es un enfant et tu as une bouche de l'enfer ; le diable t'habite. Mon fils, c'est un diable vivant. Dieu, protégez-moi, son père, de la damnation éternelle.

Arsène lança à Philibert le plus puissant de ses coups de pied.

— Ce n'est pas la peine de me tuer, rusa Philibert, je ne voulais rien dire de mal. Je voulais te dire que le Christ devait beaucoup souffrir sur sa croix, étendu comme ce cochon.

Arsène répondit par un autre coup de pied. Philibert poursuivit son idée :

— Être attaché sur une croix, se faire percer le ventre à coups de couteau, cela ne doit pas être un plaisir.

— Tu blasphèmes encore ! Tiens-tu absolument à ce que l'enfer tombe sur nous comme de la neige de feu ?

Arsène frappa plusieurs fois son fils résigné. Puis il s'apaisa. Un long silence les paralysa. Le père et le fils étaient dos à dos ; ils restèrent quelques instants immobiles, n'osant pas s'abandonner extérieurement aux insultes qu'ils échangeaient en silence. Arsène se résolut à parler. Il ne pouvait rester muet jusqu'à la fin du monde :

— Tu sais, mon fils, que le supplice de la croix se pratique encore aujourd'hui. Et ça doit faire plus mal aujourd'hui que dans les temps anciens parce qu'aujourd'hui nous avons la chair moins coriace.

— ... (Philibert n'avait rien à dire.)

— Les Allemands mettent encore des prisonniers sur des croix, insista Arsène.

— J'aimerais bien voir un Allemand. Je regarderais comment c'est fait, puis je le tuerais.

— Les Allemands mettent des femmes sur des croix.

— Pourquoi est-ce qu'ils ne mettent pas des hommes ?

— Les Allemands aiment mieux des femmes sur les croix. Avec des hommes, ils ne pourraient pas faire la même chose.

— Parce que des hommes leur casseraient des dents...

— Je crois que je peux te dire, maintenant, tu es assez grand pour comprendre. Je te disais que les Allemands étendent des femmes sur des croix...

— Oui, tu m'as dit ça.

— Les femmes sont des femmes, mais les croix ne sont pas des croix...

— Ah !

— Les croix, ce sont des lits...

Philibert regardait son père avec de grands yeux étonnés.

— Les Allemands passent l'un après l'autre sur la femme attachée au lit et abusent d'elle jusqu'à ce qu'elle meure...

— Qu'est-ce que les Allemands font à la femme ?

— Imbécile, cria Arsène en lui bottant le derrière.

L'enfant, tout à coup, saisit :

— Corriveau, est-ce qu'il a fait cela, aussi ?

Arsène posa sur son fils un regard compatissant :

— Qu'est-ce que je vais faire de toi ? J'essaie de t'éduquer, et puis, sainte Vierge, tu ne veux rien comprendre. As-tu une tête d'oiseau ? Corriveau n'a pas fait cela. Corriveau n'est pas un Allemand. Nos soldats ne se conduisent pas comme des Allemands. Nos soldats font la guerre proprement, expliqua Arsène, ils défendent nos droits, notre religion, nos animaux, tout ce qui nous appartient.

Quand Philibert pourrait-il faire la guerre aux Allemands, tuer un Allemand ?

— Corriveau a-t-il abattu des Allemands ?

— Aujourd'hui, ils se tuent sans se voir et sans se voir mourir. En tout cas, s'il en a vu, Corriveau ne pourra pas nous raconter comment.

***

Joseph survint, le bras enveloppé dans des guenilles imbibées d'alcool et rougies de sang. Cela commençait à durcir à cause du froid :

— C'est des Anglais, c'est sûr, qui viennent avec Corriveau, annonça-t-il. L'armée a prévenu Anthyme Corriveau. Ils seront sept. Sept Anglais.

— Anthyme a eu raison de m'acheter un cochon entier, constata Arsène.

— Ils seront sept.

— Cela fera beaucoup de monde à essayer de trouver du poil à mon cochon.

— Il y aura sept Anglais, sept soldats anglais. Cela veut dire que six vont porter Corriveau, trois de chaque côté ; le septième, c'est le plus important : il donne les ordres. Un soldat ne fait rien, ne pète même pas sans un ordre.

Philibert était émerveillé :

— J'ai hâte de voir des Anglais ; je n'en ai jamais vu. Arsène le regarda à la façon des hommes qui savent tout :

— Les Anglais, mon fils, sont des gens comme tout le monde : les hommes pissent debout et les femmes assises.

Il lui tendit un seau :

— Va demander à ta mère si elle a de l'eau bouillante. Il ne doit plus rester un hostie de poil à ce cochon.

— Vas-tu te dépêcher ? cria Arsène.

Philibert courut, le seau à la main, vers la maison, en pensant aux insultes qu'il pourrait dire à de vrais Anglais. Arsène remarqua qu'il y avait du sang dans le pansement de Joseph :

— T'es-tu égratigné, mon bon Joseph ?

***

Bralington station.

Le train arriva de loin. La locomotive labourait la neige qui recouvrait la forêt. À la gare, on ne le vit pas s'approcher, tant il y avait de givre aux fenêtres. C'est à son cri que l'on sut son arrivée. Le chef de gare se retira dans le hangar dont il fit glisser la porte sur des poulies rouillées afin que les employés y entreposent la marchandise. Dans sa petite gare parfumée par le charbon de bois et le tabac des flâneurs, le chef de gare avait oublié toute cette neige :

— Je veux, jura-t-il, que Dieu change ma mère en cheval à tête de vache si j'ai jamais vu autant de neige dans toute ma vie. Et j'en ai vu.

— De la neige, dit un manutentionnaire, il y en a plus que d'hosties dans tous les tabernacles. Ce matin, je voulais sortir par la porte, comme un homme poli. Eh bien, je ne pouvais pas ouvrir la porte. Elle était bloquée par la neige. De la neige dure. Comme de la glace. Alors, j'ai monté à l'étage, j'ai ouvert une fenêtre, et j'ai sorti par la fenêtre : comme un ciboire de sauvage.

— Moi, dit le chef de gare, je suis un ancien de la Marine Royale. La première fois que je me suis trouvé en face d'une mer, je me suis dit à moi-même : «Ouvre tes yeux, mon Christ, tu n'as jamais vu autant d'eau en même temps.»

— Moi, l'eau, je n'aime pas ça ; un verre d'eau, ça me donne le mal de mer. L'eau, c'est maudit. Il y a juste un moyen de ne pas avoir le mal de mer : c'est de mettre de l'alcool dans mon eau.

— Alors, continua le chef de gare qui n'avait pas perdu son idée, aujourd'hui, en voyant toute cette neige, je me suis dit : «Ouvre tes yeux, grand-père, tu n'as jamais vu autant de neige»…

— On ne peut pas plaire à tout le monde, mais les ours blancs doivent être bien heureux.

Le contrôleur surgit dans un nuage de neige soulevée par la rafale. Il tenait dans sa main une montre rattachée à son ventre par une chaînette et il la regardait battre comme si elle avait été son cœur :

— Avec toute cette neige, dit-il, on n'avance pas vite. Nous sommes en retard de deux heures, dix-sept minutes et quarante-quatre secondes.

— Avec toute cette neige, répéta le chef de gare, il y a le danger que les ours blancs descendent du Nord. Cela s'est déjà vu : les ours blancs sont déjà descendus dans des villages. À cause de la neige, ils se pensaient dans leur domaine. Dans ces cas-là, ils dévorent tous les habitants. Les ours blancs n'ont jamais d'indigestion. Quand je naviguais dans la marine...

Le contrôleur n'avait pas le temps d'entendre un autre fragment de l'autobiographie du chef de gare :

— Nous sommes en retard, coupa-t-il. À chaque gare, il faut travailler plus vite : le temps que le train perd, les hommes doivent le regagner.

Des manutentionnaires descendaient des caisses, des colis. Le chef de gare vérifiait s'ils étaient en bon état, si le voyage n'avait pas rompu les ficelles ou défait les emballages. Chaque objet inspecté, le chef de gare inscrivait un petit signe sur une liste qu'il rapprochait de son nez pour pouvoir lire :

— Eaton's ? Oui. Mont-Rouge ? Oui. Brunswick ? Oui. Montréal Shipping ? Oui. Klark Beans ? Oui. Marini Spaghetti ? Oui. Black and White ? Oui. Black Horse ? Oui. William Scotch ? Oui : une, deux, trois, quatre, cinq, six, sept... Corriveau ? Corriveau ? cria-t-il. Corriveau ? Où avez-vous mis Corriveau ?

— Corriveau ? lui demanda-t-on de l'intérieur du wagon, qu'est-ce que c'est, Corriveau ?

— Corriveau : c'est un cercueil.

La voix ordonna dans le wagon :

— Le mort descend ici. Où est-ce que vous avez mis le mort ?

— Le sortez-vous ? s'impatienta le chef de gare.

— Il n'est plus ici, dit la voix du wagon, il doit être descendu se dégourdir les jambes.

— Il aurait mieux fait de venir m'aider à pelleter, remarqua un employé qui essayait de dégager le quai.

— Le baptême de cadavre, il n'est pas là, se plaignait la voix du wagon. On a toujours des problèmes avec ces morts. J'aime mieux transporter dix vivants qu'un seul mort.

Le chef de gare prit la voix sèche de celui qui a l'autorité :

— Les amis, je ne veux pas que vous fassiez d'erreur avec ce colis-là. Corriveau est à nous. Il va descendre ici. Je veux que Corriveau descende ici avec ses Anglais.

— Ah ! soupira l'homme du wagon, soulagé, je comprends. Si vous me parlez des Anglais, tout leur bagage est descendu.

L'homme apparut dans la porte du wagon, triomphant. Le chef de gare cocha sa feuille à l'endroit nécessaire et il rentra dans son bureau.

Par son guichet, il aperçut les calots des soldats assis dans la salle d'attente.

— Hey ! boys, demanda-t-il, did you get a nice trip ?

— Pas trop belle, sir ! répondit l'un des soldats.

— I understand English, boys. You may speak English. I learned when I was in the Navy... Royal Navy.

— Toutes les mondes parlent Anglaise... dit le même soldat.

— Where is Corriveau ?

— What means Corrrllivouuw ?

— Corriveau is the name of our poor boy, boys.

— The man is in there, dit l'un des soldats, indiquant le cercueil sur lequel ils étaient assis pour fumer une cigarette.

Celui qui était le chef se leva ; les six autres soldats se dressèrent d'un seul et militaire mouvement. Ils saluèrent militairement aussi le chef de gare et ils emportèrent le cercueil en laissant ouverte au froid la porte de la salle d'attente.

Le chef de gare grogna :

— On voit par là que les maudits Anglais ont l'habitude d'avoir des nègres ou des Canadiens français pour fermer leurs portes. C'est ce qu'il devait faire, Corriveau : ouvrir et fermer les portes des Anglais.

Un homme maigre, un employé qui avait terminé son travail marchait d'une fenêtre à l'autre comme s'il avait cherché à voir quelque chose d'important. Il ne se décourageait pas de se heurter toujours au givre opaque. Il marchait avec l'air de savoir où il allait. L'homme arracha le doigt de sa narine :

— La vie, déclara-t-il, n'est pas autre chose que cela : il y a les gros et les petits. Il y a le bon Dieu et il y a moi. Il y a les Allemands et il y avait Corriveau. Il y a les Anglais et il y a nous : toi, Corriveau, moi, tout le monde du village...

L'homme replongea son doigt dans sa narine où il avait fort à faire.

— Corriveau, dit le chef de gare, est notre premier enfant que la guerre nous prend.

L'homme retira le doigt de son nez et le pointa, accusateur, vers le chef de gare :

— Corriveau est plutôt notre premier enfant que les gros nous arrachent. Les gros, moi, je leur chie dessus. Ils sont tous semblables et je leur chie dessus. Ils sont tous semblables : les Allemands, les Anglais, les Français, les Russes, les Chinois, les Japons ; ils se ressemblent tellement qu'ils doivent porter des costumes différents pour se distinguer avant de se lancer des grenades. Ils sont des gros qui veulent rester gros. Je chie sur tous les gros mais pas sur le bon Dieu, parce qu'il est plus gros que les gros. Mais il est un gros. C'est tous des gros. C'est pourquoi je pense que cette guerre, c'est la guerre des gros contre les petits. Corriveau est mort. Les petits meurent. Les gros sont éternels.

L'homme remit le doigt dans son nez et recommença sa promenade d'une fenêtre à l'autre, toutes recouvertes de givre.

Le chef de gare allumait sa pipe :

— Si Corriveau était mort ici, dans le village, dans son lit, cela aurait été bien triste pour un tout jeune homme. Mais il est mort dans son habit de soldat, loin du village ; cela doit signifier quelque chose…

— Cela veut dire que les gros grossissent et que les petits crèvent.

***

Madame Joseph aurait aimé être un chien. Avec des crocs aigus et des jappements furieux, elle aurait dispersé, poursuivi et mordu aux jambes les gamins qui obstruaient la route.

Madame Joseph revenait chez elle. Elle ne pouvait supporter seule la douleur d'être devenue l'épouse d'un homme qui avait coupé lui-même sa propre main, d'un coup de hache. Elle était allée raconter ce malheur à ses voisines. « La vie est pénible, avait-elle dit, les larmes aux yeux ; vous mariez un homme et vous vous apercevez que vous couchez avec un infirme. Dans mon lit qu'est-ce que mon Joseph fera avec son moignon ? » C'était une bien triste histoire. Les voisines, impuissantes devant ce malheur, promirent toutes de prier pour elle et pour Joseph. D'ailleurs, il n'était pas sûr que Joseph avait mal fait, car il était bien dit dans l'Évangile : « Arrache ta main ou bien jette-la au feu. » Puisque cela était vraiment dit dans l'Évangile, Madame Joseph était déjà presque consolée.

Elle revenait donc, sur la route de neige que le pas des chevaux et celui des villageois avaient creusée dans la neige accumulée. Elle marchait de son air le plus digne car, derrière les rideaux, on l'observait, dans les maisons, on parlait d'elle et de Joseph.

Les gamins étaient trop occupés à leur jeu pour la voir venir. Divisés en deux équipes, tous armés d'un bâton recourbé selon le jeu de hockey, ils se disputaient un objet, probablement un crottin de cheval gelé, pour le pousser dans le goal de l'adversaire. Les bâtons se levaient, s'abattaient vivement, les joueurs se serraient, se bousculaient, agitaient leurs bâtons qui s'entrechoquaient avec des bruits secs ; tout à coup, l'objet était projeté en dehors de la grappe remuante, les joueurs couraient à sa poursuite, échangeaient des crocs-en-jambe, des coups de bâtons, des coups de coude, ils le rattrapaient, tous en même temps, avec des cris, des jurons, et les bâtons s'abattaient, claquaient les uns sur les autres, l'objet de nouveau roulait plus loin sur la neige, parmi les hurlements de joie et les jurons de ceux qui avaient raté un point.

Madame Joseph n'osait plus avancer. Elle ne pouvait essayer de faire un détour hors du chemin, dans la neige ; elle s'y serait enlisée.

Comment réussirait-elle à passer au travers de cette horde ? Crierait-elle : « Laissez-moi passer » ? Ils bondiraient sur elle ; ils la rouleraient dans la neige et s'amuseraient à voir ses cuisses et à regarder sa culotte. Les cuisses et la culotte de Madame Joseph étaient des lieux de haut intérêt pour les gamins du village. Les autres femmes pouvaient passer dans le chemin en toute quiétude, sans être importunées. Dès que Madame Joseph sortait, les gamins inventaient un nouveau moyen de voir ses cuisses.

— Nous pondons et nous élevons des petits crétins vicieux qui vont toujours préférer le bordel à l'église, songea-t-elle, un peu tristement. Il n'y a pas un de ces gamins qui ne soit l'image parfaite de son père. Nous ne les battons pas assez.

D'un mouvement instinctif, elle serra les cuisses et avança prudemment.

Furieuse tout à coup, elle leva les bras en l'air et descendit les poings sur la tête du gamin le plus proche d'elle. Elle s'empara d'un bâton, frappa au hasard avec une passion violente, en vociférant des menaces :

— Petits crétins ! Petits vicieux ! Petits damnés ! Enfants de cochons ! Je vais vous montrer, moi, à jouer au hockey.

Madame Joseph arracha un second bâton, les fit tournoyer au-dessus de sa tête et frappa à gauche, à droite, partout à la fois, devant, derrière ; ses bâtons atteignaient des nez, des oreilles, des yeux, des têtes. Les gamins furent bientôt dispersés. De loin, ils l'invectivaient :

— Grosses fesses !

— Gros tétons !

— Tu as le visage comme une vache qui marche à reculons !

— Tu ressembles à une sainte Vierge tournée à l'envers !

Madame Joseph leur répondait :

— Petits vicieux !

— Petits damnés !

— Vous êtes bien préparés pour visiter les bordels de la ville !

On lui répondait :

— Si on va au bordel, ce sera pour voir tes filles !

Elle cessa de parler leur langage. Elle ne pouvait les insulter. Ils connaissaient toutes les injures.

— Nous ne les battons pas assez, regrettait-elle.

Elle s'agenouilla et ramassa l'objet que se disputaient les gamins avec leurs bâtons, la main coupée de son mari. Les doigts étaient refermés et durs comme la pierre. Les coups de bâton avaient laissé des marques noires. Madame Joseph la mit dans la poche de son manteau de fourrure et elle rentra chez elle en annonçant aux gamins étouffés de rire que le diable les punirait de l'enfer.

Chez lui, Joseph était assis dans sa chaise, pâle et le visage torturé.

— J'ai retrouvé ta main, Joseph.

Il regarda sa femme d'un œil indifférent.

— Heureusement que je suis passée par là ; les enfants jouaient au hockey avec ta main.

Joseph ne disait rien.

— Si je n'étais pas arrivée à temps, les gamins auraient brisé ta main. Tu devrais me remercier.

Ennuyé par l'insistance de sa femme, il répondit enfin :

— Que veux-tu faire de ma main ? De la soupe ?

— Tu es un feignant.

Joseph regarda sa femme tristement :

— Il paraît que Corriveau est arrivé à la gare.

Brandissant son bras estropié couronné du bandage tout sanglant :

— Qu'ils viennent me prendre, maintenant, pour faire leur Christ de guerre ! Je leur couperai le zizoui, s'ils en ont un. Je le leur couperai comme j'ai coupé ma main. Je ne ferai pas leur maudite guerre.

Madame Joseph siffla entre ses doigts pour appeler le chien qui s'éveilla et obéit. Par la porte, elle lança la main dans la neige. Le chien se précipita en grognant de satisfaction.

— Tu crois que ça me réjouit de coucher avec un homme qui n'a qu'une main...

— J'ai toujours pensé que tu aurais aimé me voir partir à la guerre et ça ne t'aurait pas déplu que j'en revienne comme Corriveau... À un certain âge, toutes les femmes ont envie d'être veuves.

Madame Joseph se planta devant son mari, les poings sur les hanches et lui parla comme si elle lui eût craché à la figure :

— Un homme qui n'a pas le courage d'aller faire la guerre pour protéger son pays, c'est pas un homme. Toi, tu te laisserais écraser par la botte des Allemands. Tu n'es pas un homme. Je me demande avec quoi je couche.

Joseph murmura doucement entre les dents :

— Corriveau ? Est-ce que Corriveau est un homme ?

***

La route qui reliait le village et la gare avait disparu dans la neige comme un ruisseau dans une inondation blanche et aveuglante. Personne n'habitait ici. Nulle maison. La forêt engloutie ployait sous la neige étalée à perte de vue qui miroitait de toutes ses dunes, ses remous, ses ombres même ; la neige s'arrêtait soudain de vivre, elle était un plâtre blanc et muet.

De l'autre côté de la forêt dont on ne connaissait pas la fin, la neige continuait jusqu'à l'horizon.

Comment auraient-ils pu fuir, ces hommes, courbés sous un cercueil, qui enfonçaient dans la neige jusqu'à la ceinture ? Ils étaient six soldats qui portaient le fardeau, trois de chaque côté, et devant, un sergent hurlait des mots pour les presser d'avancer. Chaque pas exigeait un effort. Il fallait d'abord retirer la jambe de la neige qui retenait le pied par une forte succion, puis lever le pied le plus haut possible sans perdre son équilibre, allonger ensuite la jambe et pousser le pied énergiquement, l'enfoncer dans la neige jusqu'à ce qu'elle soit dure, sans perdre son équilibre et sans que le cercueil ne bouge trop, car tout son poids aurait porté sur l'épaule d'un seul ; il fallait se hâter, il était déjà plus tard que ce qui avait été prévu, le Sergent était de mauvaise humeur, il commandait vertement ses hommes qui suaient dans cette plaine de neige, sous le cercueil qu'ils portaient sur leurs épaules de la gare au village, ce n'était pas le premier cercueil qu'ils portaient, mais ils n'étaient jamais allés aussi loin que ce jour-là, et à chaque pas, le village, sur la montagne, s'éloignait comme s'il avait dérivé sur la neige à contre-pente.

Les soldats suaient. Leurs vêtements étaient trempés. La sueur dégoulinait en gouttelettes froides dans leur dos. Des sueurs glissaient aussi dans leur visage et gelaient après s'être immobilisées sur le menton dont ils sentaient la peau se tendre. Leurs lèvres doucement avaient été paralysées, elles étaient enflées. Ils n'osaient dire un mot, ni jurer ni rire ni se plaindre tant elles semblaient sur le point de fendre. Leurs chevelures mouillées fumaient. Le froid écorchait leurs mains comme des buissons épineux.

Les soldats ne soupçonnaient même pas qu'une route était cachée sous la neige. Ils marchaient tout simplement comme des bêtes. Ils montaient vers la montagne où ils voyaient des cheminées au-dessus de la neige, dont la fumée leur semblait un baume. Dans ce silence où ne vibrait que le souffle de leurs efforts, ils se souvenaient, courbés sous la fatigue, de leurs maisons qu'ils n'avaient pas revues depuis plusieurs mois.

Sans que le Sergent en ait donné l'ordre, d'un mouvement spontané, ils descendirent le cercueil de leurs épaules et le posèrent.

— I'm dead hungry, dit l'un.

Ils reprirent leur fardeau et continuèrent d'avancer dans la neige.

***

Occupé à surveiller le déchargement des marchandises, le chef de gare n'avait pas vu descendre du train le soldat Bérubé accompagné de Molly, sa femme, qu'il ramenait de Terre-Neuve. Quelle surprise cette arrivée causerait-elle ! Il n'avait prévenu sa famille ni de son arrivée ni de son récent mariage. Ses lettres ne racontaient rien. Bérubé ne disait, au fond, qu'une chose : il ne pouvait rien raconter de sa vie de soldat, ni de la guerre, et il ne savait ce qui lui arriverait le lendemain. Il se tenait prêt à tout, écrivait-il. Sa mère ne pouvait lire une ligne de lui sans éclater en sanglots : qu'elle était pénible cette guerre où un fils ne pouvait raconter à sa mère l'histoire de sa vie.

Bérubé était responsable de l'entretien des toilettes dans l'aile G du bâtiment B, à la base d'aviation de Gander, Terre-Neuve. Bérubé y avait appris la langue anglaise. Il la parlait aussi bien que tous les autres laveurs de toilettes fussent-ils Polonais, Italiens, Hongrois ou Grecs.

En attendant l'avion qui le conduirait à Montréal où il monterait dans un train, Bérubé décida de passer à l'Aviator Hotel. Avant même qu'il ait demandé quelque chose au bar, une main douce effleura son dos et une voix insinuante :

— Come with me, darling.

— Darling ?

— Come…

— By the way, where are you going ?

— To my bedroom…

— O.K. Let's go !

Bérubé suivit la fille. De la voir marcher devant lui, de voir ses hanches se balancer dans la jupe étroite, d'y deviner les fesses bien sculptées, Bérubé avait les jambes qui voulaient s'endormir ; le tapis du couloir lui devenait tout cahoteux. Il avait la sensation que chaque pas de la fille et le mouvement de son corps serreraient autour de lui des liens invisibles. Il se hâtait car elle marchait vite. Quand il lui posa une main sur une fesse et qu'elle ne la lui enleva pas, il fut débarrassé de sa désagréable paralysie et fut tout à coup très sûr de lui et même un peu froid.

— Tu es un bien beau bébé, chérie !

— What did you say ?

— Be a good girl.

La fille tourna la tête vers lui, tira, en riant, la langue et elle repoussa la main de Bérubé. Elle ouvrit la porte de sa chambre.

— Shut the door ! ordonna-t-elle.

Puis, faisant sa voix plus caressante, elle dit :

— Give me five dollars. Take off your clothes.

Bérubé arracha fiévreusement sa vareuse, s'assit sur le lit pour déboutonner sa chemise. Il tremblait : il avait la sensation que le lit était chargé d'électricité. Il ouvrit sa braguette, retira son pantalon qu'il lança sur une chaise. Il tourna la tête vers Molly. Par quelle pudeur lui montrait-elle le dos pour se dévêtir ? Bérubé voulait voir une fille nue.

— Hey ! look at me, dit-il.

Bérubé sentait qu'il était ridicule de rester sur un lit quand une fille se déshabillait de l'autre côté, mais il n'osait se mettre debout : la fille se moquerait de ce qui lui était arrivé. Il restait assis et rougissait.

— Come, darling !

La fille était devant lui, nue. Elle avait gardé son soutien-gorge rempli à se déchirer. Elle tendit les bras à Bérubé qui était incapable de se lever, de bondir vers cette fille nue, de l'attraper dans ses bras, de la serrer violemment, puis de la lancer sur le lit. Bérubé se sentait complètement veule, comme lorsqu'il buvait trop d'alcool. Dans sa tête, il entendait un tic-tac comme des coups de tambour. « Toujours, jamais », répétait cette monstrueuse horloge, qui avait marqué les heures de son enfance, l'horloge de l'enfer, qui durant toute l'éternité dit : « Toujours, jamais » : les damnés sont pour toujours en enfer, ils n'en ressortent jamais : « Toujours, jamais. » Sous l'horloge, Bérubé voyait les visqueuses cavernes de l'enfer où rampaient les serpents mêlés aux flammes éternelles, et il voyait les damnés nus étranglés par les flammes et les serpents, «Toujours, jamais», scandait l'horloge de son enfance, l'horloge de la damnation éternelle dont souffrent ceux qui se mettent nus et ceux qui touchent à des femmes nues, «Toujours, jamais» sonnait l'horloge et Bérubé ne put s'empêcher de supplier :

— Do you want to marry me ?

— Yes, répondit la fille à qui on n'avait jamais posé cette question.

— What's your name ?

— Molly.

— Oh ! Molly, I want you be mine, dit Bérubé, se levant et marchant vers elle.

Ils s'embrassèrent. Molly se laissa renverser sur le lit, et le mariage fut célébré.

Puis ils se rhabillèrent. Bérubé la conduisit en taxi chez le Padre, pour se confesser et recevoir le sacrement. Le Padre n'hésita pas à leur donner sa bénédiction.

Avant de prendre l'avion vers Montréal, Bérubé et Molly allèrent acheter une robe de mariée qu'elle tint à revêtir immédiatement.

***

Molly grelottait dans sa longue et bouffante robe blanche que le vent voulait lui arracher.

Les voitures à cheval ni les autos-neige n'avaient pu se rendre à la gare cueillir les voyageurs. Bérubé dit simplement :

— Molly, monte sur mes épaules. Get on my back, nous prendrons les valises un autre jour.

Ils commencèrent de monter vers le village. Bérubé creusait péniblement son passage dans la neige qui lui montait jusqu'à la poitrine. À cause de la dentelle blanche qui lui chatouillait le visage et à cause, surtout, des cuisses chaudes de Molly qu'elle serrait contre ses joues,

36

Bérubé avait le désir de la basculer dans la neige et de bondir sur elle, mais cela aurait froissé sa robe, cela aurait enneigé Molly ; en arrivant au village, on aurait vite deviné ce qui s'était passé et l'on se serait amusé de l'impatience de Bérubé.

C'est pourquoi, dans la neige, Bérubé essayait de ne penser à rien pour ne pas penser aux cuisses de Molly, à ses seins plus gros qu'une belle pomme, à ses fesses sous la robe blanche. Mais il n'était pas possible de ne penser à rien, on a toujours une image à l'intérieur de la tête, ou bien une sensation, ou bien le souvenir d'une image ou d'une sensation, ou bien un désir. Une sensation de chaleur, la bonne chaleur des cuisses de Molly, de son ventre, la chaleur entre les seins de Molly embuait les idées de Bérubé, jetait dans sa tête et devant ses yeux un brouillard qui l'étourdissait. Il ne savait plus s'il marchait toujours dans la bonne direction, il n'apercevait plus le village sur la montagne et la neige était profonde comme la mer. Bérubé ne pouvait plus penser à autre chose qu'à la bonne chaleur de Molly, et cette chaleur circulait sur son corps comme une main caressante, et même la neige qui se pressait contre ses jambes, contre son ventre, contre sa poitrine, avait la chaleur du corps de Molly, assise sur ses épaules et silencieuse comme pour ne pas le distraire de sa douce obsession.

Bérubé s'efforça de penser à une vache, à un avion, au naufrage d'un grand bateau, le Satanique, dont on lui avait raconté l'histoire, à la moustache d'Hitler, aux toilettes qu'il avait nettoyées et lavées durant des mois ; dans sa tête régnait une image, une image qui cachait derrière elle le reste de l'univers : Bérubé voyait, comme pour la première fois, Molly, debout, près du lit, nue, ses seins jaillissant du soutien-gorge, puis il pensait au plaisir qu'il avait eu. Ah ! son plaisir avait été si intense qu'il en avait pleuré comme un enfant.

Bérubé, complètement enlisé, ne pouvait plus s'arracher à la neige, il ne pouvait plus avancer son pied, il avait le vertige de ce qu'il vivait, il fit tomber Molly, sauta sur elle, attrapa sa bouche entre ses lèvres, il l'aurait mordue, il palpait violemment ses seins.

— Oh ! se plaignait Molly qui se débattait.

Elle réussit, après une lutte tenace, à libérer un bras, et donna une gifle : « De véritables animaux, ces French Canadians indeed. »

— Je ne voulais pas que tu froisses ma robe, dit-elle pour s'excuser.

Il ne répondit rien. Il avait décidé simplement de l'abandonner là, dans la neige. Il se releva. Libre du fardeau sur ses épaules, la neige l'embarrassait moins ; il s'en alla. Molly ne l'appela pas. De toute façon, il n'aurait pas répondu à son appel. Une petite pointe tiède le chatouillait à la commissure des lèvres. Il mit le doigt. C'était du sang :

— La bon Dieu de Vierge !

Il ramassa une poignée de neige et tamponna sa blessure.

— Qu'elle gèle toute droite debout dans la neige, la Vierge. Je ne laisserai pas une femme me casser la gueule : pas une putain, pas une Anglaise. Pas une Anglaise. Qu'elle gèle là, la Vierge.

Bérubé se retourna pour voir se réaliser son souhait. Presque confondue avec la neige à cause de sa robe blanche, Molly agitait les bras pour appeler son mari, mais elle se taisait. Bérubé, après avoir un instant savouré son triomphe, cria :

— Gèle là, si tu veux.

Plus bas, au pied de la montagne, Molly aperçut un groupe d'hommes qui transportaient sur leurs épaules une longue boîte. Elle était sauvée :

— Ce French Canadian a mis du sang sur ma robe.

Bérubé arriva seul au village où il apprit la mort de Corriveau.

* * *

Les commères disaient :

— Depuis qu'Amélie a deux hommes dans la maison, elle doit être rassasiée.

Amélie avait commencé à préparer le repas. Elle était seule dans la maison. Sur le feu de bois, les marmites chantaient en parfumant la cuisine. Elle avait envie d'un homme. Arthur était sorti... Henri était au grenier. Elle sourit. En une longue caresse, elle glissa ses mains sur sa poitrine et lentement sur son ventre et ses cuisses. Elle se redressa, alla à la cuisinière, souleva le couvercle des marmites d'où jaillit l'odeur de la viande rôtie ; pignochant de sa fourchette, elle vérifia le degré de cuisson du gigot, le retourna, replaça le couvercle et monta au premier étage. Amélie avait besoin d'un homme.

Était-ce au tour d'Henri ou à celui d'Arthur ? Qui avait couché avec elle la dernière fois ? Ses deux hommes exigeaient qu'elle tienne une comptabilité rigoureuse ; ce lui était bien difficile.

Amélie désirait un homme et dans quelques minutes, la viande brûlerait sur le feu ardent. Elle prit le balai, et, selon le code, elle frappa au plafond. L'on bougea au grenier, les malles lourdes furent tirées, la trappe s'ouvrit.

— Quoi ? demanda Henri d'une voix empâtée par le sommeil.

— Amène-toi, j'ai besoin de toi.

— Pourquoi ?

— Dépêche-toi, je ne peux pas attendre qu'Arthur revienne.

— Pourquoi ? répéta Henri, peu convaincu.

— Déshabille-toi et viens !

— Ce n'est pas mon tour, dit-il en bâillant. Je ne veux pas profiter de l'absence d'Arthur.

Amélie avait déjà défait les boutons de sa robe. Henri sauta du grenier. Il commença à détacher son pantalon.

— Dépêche-toi, ordonna Amélie, qui se hâtait vers son lit. J'ai de la viande sur le feu.

— « Dépêche-toi », répéta Henri, c'est facile à dire : on n'est pas toujours prêt.

Il acheva de se déshabiller : il sortait de ses vêtements comme d'un taillis de ronces.

— Quel temps fait-il aujourd'hui ? demanda-t-il à Amélie déjà étendue dans le lit.

— C'est l'hiver comme hier…

— Je sais bien. Je sais bien que c'est l'hiver. Le froid me dévore dans le grenier.

— C'est bien de ta faute : si tu avais voulu faire la guerre, tu ne serais pas obligé de te cacher dans un grenier où tu as froid. Dépêche-toi. Dégèle.

— Il n'y a pas une maudite fenêtre dans mon grenier. Et les fentes du plafond sont calfeutrées par la glace. Alors, je sais que c'est l'hiver.

— Dépêche-toi. Tu peux garder tes chaussettes de laine… Ne te plains pas inutilement. Si tu étais moins bien dans ton grenier qu'à la guerre, tu irais à la guerre. Viens.

Amélie se fit soudainement douce :

— Et puis, dit-elle en souriant, tu n'es pas toujours au grenier…

Sa voix fut caressante :

— N'est-ce pas, Henri…

Henri avait fini de se déshabiller. Plutôt ennuyé par cette tendresse et curieux de voir le village, il se dirigea vers la fenêtre, écarta le rideau. La vitre était obstruée de givre. Il avança la bouche et expira longuement. Sous la chaleur de l'haleine, le givre fondit un peu, puis Henri gratta du bout de son ongle.

— Henri ! supplia Amélie, impatiente.

Il continua de gratter le givre jusqu'à ce qu'il pût voir. Il colla l'œil à ce petit trou. Qu'est-ce qui venait sur la route ?

— Amélie, il y a quelque chose dans le chemin.

— Si tu ne viens pas, Henri, je vais faire une colère.

Amélie s'agitait dans son lit. Henri continuait de gratter le givre :

— Viens voir Amélie, ce que je vois.

— Henri, si tu ne viens pas tout de suite sur moi, tu seras longtemps sans mettre tes fesses dans mes draps.

— Viens ici, que je te dis.

Persuadée par autant d'insistance, Amélie se leva et vint à la fenêtre. Henri lui céda son poste d'observation. Elle regarda longtemps, en silence, puis elle se recula. Henri regarda de nouveau.

Un soldat tenait un clairon au bout de son bras tendu horizontalement. Derrière lui, suivait un cercueil porté par six autres soldats et enveloppé dans un drapeau. Une dame en robe blanche de mariée escortait le cercueil. Le cortège se fermait sur les gamins du village qui, bâtons de hockey sur l'épaule, marchaient avec solennité.

Ils passèrent devant la maison d'Amélie et disparurent vers l'autre bout du village.

— C'est Corriveau, dit Henri.

— Oui, c'est Corriveau qui revient.

Amélie retourna s'allonger dans son lit. Son mari l'y accompagna.

Leur étreinte fut de plus en plus violente et, un instant, sans qu'ils osent se l'avouer, ils s'aimèrent.

La porte était étroite. Il ne fut pas facile d'introduire le cercueil dans la maison. Les soldats étaient mortifiés de ne pouvoir respecter la symétrie de leurs mouvements. La porte de la petite maison des Corriveau n'avait pas été faite pour qu'y passe un cercueil. Les porteurs le déposèrent dans la neige, calculèrent dans quel angle il pourrait passer, étudièrent de quelle manière ils devaient se placer autour, discutèrent, finalement le Sergent donna un ordre, ils reprirent le cercueil, c'était lourd, ils l'inclinèrent, ils le placèrent presque sur le cant, ils se firent le plus minces possible et ils réussirent à entrer, hors d'haleine, épuisés.

— Laissez-le maintenant, grogna le père Corriveau. C'est assez qu'il soit mort ; vous n'avez pas besoin de le balancer comme ça.

Cette porte ouvrait sur la cuisine. Au milieu, il y avait une grande table de bois familiale.

— Mettez-le là, dit la mère Corriveau, sur la table. Et mettez-lui la tête ici, à ce bout-ci de la table. C'est sa place. Comme cela, il se sentira moins dépaysé.

Les soldats Anglais ne comprenaient pas ce langage que les vieux parlaient. Ils savaient que c'était du French, mais ils en avaient rarement entendu.

— Sur la table, répéta le bonhomme Corriveau.

Les porteurs reprirent le cercueil sur leurs épaules et ils cherchaient des yeux où le placer.

— Sur la table, ordonnait la mère Corriveau.

Les Anglais haussaient les épaules pour exprimer qu'ils ne comprenaient rien. Le bonhomme Corriveau allait se mettre en colère. Il dit très fort.

— Sur la table : on le veut sur la table.

Le Sergent eut un sourire. Il avait compris : il donna un commandement. Les soldats obéissants se tournèrent vers la porte, ils allaient sortir le cercueil.

Le bonhomme Corriveau courut devant la porte et, les bras ouverts, il leur barra le passage.

— Vieux pape de Christ ! Ils sont venus nous le prendre de force, ils nous l'ont fait tuer sans nous demander la permission et maintenant il va falloir le leur enlever à coups de poing.

Le bonhomme, rouge de colère, menaçait du poing le Sergent qui se demandait pourquoi tout le monde ne parlait pas English comme lui.

— Vieux pape de Christ !

— Put it on the table, dit Molly qui, après avoir soigneusement secoué la neige de sa robe, entrait.

— Qu'est-ce qu'elle vient faire ici, celle-là, dit la Corriveau. C'est notre mort à nous.

Quand elle vit les soldats obéir à Molly, la mère Corriveau accepta sa présence, et lui demanda, avec un air de reconnaissance au visage :

— Dites-leur d'enlever cette couverture car il va avoir trop chaud, notre petit.

Molly traduisit. Les soldats lancèrent un regard courroucé à la mère Corriveau qui avait osé appeler « couverture » le drapeau britannique. La vieille femme ne se doutait pas qu'elle avait offensé l'Angleterre, et elle aurait été ébahie si quelqu'un lui avait dit que cette « couverture » était le drapeau pour lequel son fils était mort. Si quelqu'un le lui avait dit, elle aurait baisé le drapeau comme elle baisait chaque soir ses reliques de la tunique de Jésus-Christ à vingt-trois ans.

Le Sergent prit la décision de n'avoir pas entendu l'offense. Les soldats plièrent le drapeau, le Sergent souffla dans son clairon une plainte qui fit trembler les vitres des fenêtres et pleurer les villageois déjà rassemblés autour de Corriveau. La voix du clairon avait abasourdi Anthyme Corriveau qui, dans une réaction nerveuse, avait laissé tomber sa pipe. Il jura contre ses dents cariées qui ne savaient plus retenir sa pipe. À vingt ans, Anthyme Corriveau avait des dents dures qui savaient émietter un verre, le mâcher. Maintenant ses dents pourries étaient le signe qu'il avait tous les os aussi pourris. Il était si vieux, Anthyme, que ses fils commençaient à mourir. « Quand les fils commencent à vous laisser, vous n'avez pas un long temps avant d'aller les retrouver. »

— Anthyme, dit sa femme, va chercher ton tournevis. Je veux voir si la figure de notre garçon a été bien massacrée ou bien s'il a su se protéger le visage, comme je le lui conseillais. Dans chacune de mes lettres, je lui disais : « Mon enfant, pense d'abord à te protéger le visage. Un homme unijambe, ou sans jambe même est moins affreux pour une femme qu'un homme qui n'aurait qu'un œil ou pas de nez. » Quand il me répondait, le cher enfant me disait toujours : « Je me protège bien le visage. » Anthyme ! Je t'ai demandé le tournevis. Je veux qu'on ouvre le cercueil.

Molly, pratiquant son métier, avait appris quelques mots français — les French Canadians de Terre-Neuve aimaient beaucoup Molly. Elle expliqua, selon ce qu'elle comprenait, la volonté des Corriveau. Le Sergent dit :

— No ! No ! No ! No !

Ses hommes agitaient la tête pour dire « no » aussi. La mère Corriveau empoigna la main du Sergent et serra de toute sa force : elle aurait voulu la lui écrabouiller comme un œuf. Le Sergent, avec une force courtoise, se libéra. Son visage était tout pâle, mais il souriait.

Le Sergent avait pitié de ces French Canadians ignorants qui ne connaissaient même pas le drapeau de leur pays.

— Anthyme Corriveau, tu vas prendre ta carabine et sortir de ma maison ces maudits Anglais. Ils m'ont arraché mon fils, ils me l'ont fait tuer, et maintenant, ils m'empêchent de le voir. Anthyme Corriveau, sors ta carabine et tire-leur entre les fesses s'ils en ont.

Elle sanglotait, écrasée par le plus lourd désespoir. Le père Corriveau rallumait sa pipe. Il n'y avait, en ce moment, rien de plus important que de réussir à rallumer sa pipe.

— Anthyme, criait la mère Corriveau, si tu ne veux pas te servir de ta carabine, donne-leur des coups de pied. Et commence tout de suite. Après, tu iras chercher ton tournevis...

— Vieille pipe de Christ. Demande-moi aussi souvent que tu voudras de m'apporter le tournevis, je ne me rappelle plus où je l'ai rangé la dernière fois que...

— Anthyme ! Vide la maison de ces maudits Anglais !

Le père Corriveau éteignit son allumette dont la flamme lui mordait les doigts. Il parla après avoir fumé quelques bouffées :

— La mère, on ne peut rien faire. Que tu le voies ou que tu ne le voies pas, notre garçon est parti...

La mère Corriveau dit simplement :

— Nous allons prier.

Son mari lui avait rappelé la plus évidente vérité : « Nous ne pouvons rien faire », avait dit Anthyme. Toute une vie leur avait appris qu'ils ne pouvaient rien faire... La mère Corriveau n'était plus en colère et elle avait dit d'une voix douce :

— Nous allons prier...

Elle s'agenouilla, son mari l'imita, puis les villageois qui étaient venus ; puis Molly, en prenant soin de ne pas froisser sa robe de mariée. La vieille femme commença la prière, cette prière qu'elle avait apprise des lèvres de sa mère qui la tenait de sa propre mère :

— Notre-Dame des fidèles défunts : qu'il repose en paix parmi les saints du Seigneur.

Les sept soldats s'agenouillèrent : la vieille femme en fut si étonnée qu'elle ne trouva plus la suite de ses formules.

— Anthyme, grogna la mère, au lieu de te laisser distraire pendant que ton fils brûle dans le feu du purgatoire, tu ferais mieux de prier pour lui. Tes prières lui rendraient ses souffrances moins longues. Puis, quand je pense à la manière dont tu l'as éduqué, je ne sais plus s'il est au purgatoire ou bien en enfer. Il doit être plutôt en enfer. En enfer…

Elle fut étranglée par les sanglots. Anthyme reprit, en ses mots d'homme qui avait dû prier chaque fois que sa femme l'avait menacé de l'enfer :

— Que le Seigneur des fidèles défont les lunes en paix dans la lumière du paradis…

Tous répondirent :

— Amen.

— Je vous salue Marie, pleine et grasse, le Seigneur avez-vous et Benédict et toutes les femmes et le fruit de vos entailles, Albanie.

— Amen.

L'incantation fut reprise plusieurs fois. Tout à coup, Anthyme Corriveau fut seul à prier. Personne ne répondait plus à ses invocations. Que se passait-il ? Il continua de prier, mais il ouvrit les yeux. Tous regardaient sa femme perdue dans un rêve heureux. Elle souriait.

La bonne Sainte Vierge avait fait comprendre à son cœur de mère que son fils était au ciel. Tous les péchés de son fils, ses jurons, ses blasphèmes, les caresses qu'il avait faites aux filles du village et surtout aux filles des vieux pays où il avait fait la guerre, ses soirs d'ivrogneries où il se promenait dans le village en jetant ses vêtements dans la neige, ces soirs où, torse nu et ivre, son fils levait le poing vers le ciel en criant : « Dieu, la preuve que tu n'existes pas, c'est que tu ne m'écrases pas ici, immédiatement » ; tous ces péchés de Corriveau étaient pardonnés ; la bonne Vierge l'avait inspiré à sa mère.

La main de Dieu, ces soirs-là, si elle n'écrasait pas Corriveau, pesait sur le toit des maisons. On n'oublierait pas ces nuits d'alcool au village, mais Dieu les avait pardonnées à Corriveau. Sa mère sentait en son âme la paix qui était celle, maintenant, de son enfant. Son fils avait été pardonné parce qu'il était mort à la guerre. La vieille sentait en sa conscience que Dieu était obligé de pardonner aux soldats morts à la guerre.

Son fils avait revêtu la robe immaculée des élus. Il était beau. Il avait un peu changé depuis son départ à la guerre. Une mère s'habitue à voir ses enfants ressembler de plus en plus à des étrangers. Mourir transforme un visage, aussi. La mère Corriveau voyait son fils parmi les anges. Elle aurait aimé qu'il baisse les yeux vers elle, mais il était tout absorbé par une prière qu'il murmurait en souriant. La vieille pleurait, mais c'était de joie. Elle se leva :

— Enlevez mon fils de la cuisine et transportez-le dans le salon. Nous allons manger. J'ai fait vingt et une tourtières au porc… Anthyme, va me déterrer cinq ou six bouteilles de cidre.

***

L'on déplaça les meubles pour libérer un mur contre lequel le cercueil fut placé. Devant, l'on disposa les chaises en rangées, comme à l'église. Anthyme était allé au hangar chercher de gros tronçons de merisier qui firent de solides pieds au cercueil. La mère Corriveau sortit de ses tiroirs toutes ses bougies et ses chandelles, les bénites et les autres. Les bénites avaient protégé la famille, lors des soirs de tonnerre et d'éclairs véhéments ; les autres servaient tout bonnement d'éclairage lorsque les tempêtes ou le verglas arrachaient les fils électriques. Les soldats se placèrent au garde-à-vous. Anthyme, avec d'autres villageois, s'installa devant eux et tout à coup s'endormit comme chaque fois qu'il s'asseyait. La mère Corriveau bourrait de bois sa cuisinière car elle n'aurait pas assez de vingt et une tourtières :

— Quand il y a un mort dans la maison, les demeurants doivent manger pour ceux qui sont partis...

Les villageois, même ceux qui n'avaient pas parlé aux Corriveau depuis dix ans ou plus, « tout le monde », comme disait Anthyme, arrivait en vêtements noirs ou allait venir.

— Nous venons dire une petite oraison pour que son âme ait le requiescat in pace.

À genoux, les mains jointes sur le cercueil, Molly priait. Quelle prière pouvait-elle dire, elle qui ne savait que parler en anglais ? « Elle doit prier son bon Dieu, le bon Dieu des Anglais, pensait Anthyme. Mais, il n'y a pas de place pour deux bons Dieux. Le bon Dieu des Anglais et celui des Canadiens français ne doit pas être le même ; ce ne serait pas possible. Eux, les Anglais protestants, sont damnés ; alors il ne peut pas y avoir un bon Dieu pour les damnés de l'enfer. Elle ne prie pas ; elle fait seulement semblant de prier. »

La mère Corriveau interrompit un instant ses travaux pour observer Molly :

— Je n'ai pas pensé de lui demander, mais elle pourrait être la femme de notre fils. Mon garçon s'est peut-être marié durant un petit moment où il n'y avait pas de guerre. Il nous a peut-être annoncé son mariage dans une lettre qui a été bombardée par les Allemands. On ne peut pas savoir : cette guerre tourne la vie à l'envers. En tout cas, si elle est la femme de notre garçon, nous allons la garder avec nous comme notre propre fille... Je lui parlerai de cela plus tard. Ce n'est pas des questions qui se posent facilement à une petite fille nouvellement mariée, quand il y a un mort dans la maison et que ce mort l'a mariée quelques jours auparavant.

Pour se tenir éveillé, Anthyme s'était levé, et s'appuyait dans l'embrasure de la porte. Il contemplait Molly à l'endroit où ses seins — il aurait fallu les deux mains d'Anthyme pour en contenir un seul — gonflaient le corsage, et sa taille qui annonçait des fesses à faire perdre la tête à un homme. Regarder Molly le rajeunissait, le reposait de la mère Corriveau engloutie dans sa graisse.

Soudainement, la porte d'entrée fut ouverte d'un coup de pied qui ébranla la maison : elle avait été presque arrachée. Tous se retrouvèrent, la prière sur la lèvre, à la cuisine. Sur le seuil, un soldat se tenait debout, paralysé devant ces gens qu'il reconnaissait, et qui étaient pâles, apeurés. C'était Bérubé.

— Je suis venu prendre ma femme, expliqua-t-il. On m'a dit que Molly est ici avec des maudits Anglais.

Il avait parlé presque poliment.

— Elle est là, indiqua la mère Corriveau, tout à coup soulagée que Molly n'ait pas été la femme de son fils. Ne mets pas tes pieds sales sur le tapis. Puis avant d'entrer dans une maison, on demande la permission.

— Je m'excuse.

— Ne dis pas ça, voyou. Quand tu étais un gamin, tu disais : « Excusez-moi », c'était le signe que tu allais revenir et faire un plus mauvais coup encore.

Molly avait entendu, mais elle ne s'était pas retournée. Elle restait seule avec Corriveau, agenouillée. Bérubé bondit vers le salon, saisit Molly par le bras, la secoua, et de l'autre main lui donna des gifles :

— Putain !

Molly n'essayait pas de se protéger.

— Quand on est mariée, on ne fait pas de charme aux morts ni aux vivants.

Molly saignait du nez. Sa robe serait tachée.

— Je vais t'expliquer que tu es ma femme et non pas une putain.

Il frappait de ses deux mains. Molly s'écroula, coincée entre le pied du cercueil et le mur. Bérubé recula sa grosse botte de cuir pour frapper.

— Atten... tion !!! tonna la voix gutturale du Sergent.

Bérubé se mit au garde-à-vous. Ses deux talons s'étaient collés l'un contre l'autre en claquant ; Bérubé n'était plus qu'une pelote de muscles obéissants. Le Sergent qui avait aboyé marcha vers Bérubé, lui enfonçant un regard d'acier dans les yeux. Bérubé attendait les coups. Le Sergent, à deux pas de Bérubé, lui envoyait sa respiration dans le visage. Bérubé avait l'impression que ses yeux fondaient et dégoulinaient sur ses joues. En réalité, il pleurait. Il pleurait d'impuissance. Bérubé était incapable d'attaquer le Sergent, lui déboîter la mâchoire, lui noircir les yeux, le faire saigner.

Après un long affrontement silencieux, le Sergent dit :

— Dismiss.

Bérubé tourna les talons et Molly le suivit en s'accrochant à son bras. La mère Corriveau les retint au moment où ils allaient sortir :

— Moi, je ne veux pas que vous ne restiez pas avec nous. Je ne veux pas que vous vous en alliez dans la neige. Même les chiens ne sortent pas à cette heure. Je vous offre la chambre de mon garçon, il n'en a plus besoin pour dormir.

Arrivée dans la chambre, Molly s'arracha de sa robe.

— Putain de femme, dit Bérubé en retirant son pantalon. Il riait. Déshabillé, il s'allongea contre elle, ils s'embrassèrent, le monde tournoya autour d'eux ; ils furent un instant heureux.

Brusquement, Bérubé ouvrit les yeux et dit :

— Corriveau ne doit pas aimer que nous nous amusions à faire l'amour dans son lit.

* * *

La nuit assombrissait la neige. Les flammes des bougies et des chandelles dansaient sur le drapeau qui recouvrait le cercueil. Le salon était rempli de villageois et de villageoises serrés les uns contre les autres. Les soldats s'étaient rangés en ligne contre le mur, immobiles, droits, le regard tourné vers Corriveau, silencieux. Tous priaient, marmonnaient des « Mère-de-Dieu », des « sauvez-nous-pécheurs », des « à-l'heure-de-ma-mort », ils répétaient inlassablement des « pardonnez-les-fautes-mortelles », des « accueillez-le-z-au-royaume-du-Père » et des « requiescat-in-pace », ils ronronnaient leurs « Dieu », leurs « amen », leurs « Saint-Esprit », leurs « délivrez-le-des-griffes-du-Malin ». Prononçant ces prières, ils commençaient de regretter l'absence de Corriveau, ils regrettaient de ne pas l'avoir aimé quand il était parmi eux, avant la guerre, ils priaient bien fort comme si Corriveau avait pu les entendre, reconnaître leurs voix, comme si leurs prières avaient pu faire plaisir à Corriveau sous son drapeau britannique. Les villageois vivaient, ils priaient pour se le rappeler, pour se souvenir qu'ils n'étaient pas avec Corriveau, que leur vie n'était pas terminée et, tout en croyant prier pour le salut de Corriveau, c'est leur joie de vivre qu'ils proclamaient en de tristes prières. Plus ils étaient heureux, plus ils priaient, et les petites flammes sur le cercueil de Corriveau vacillaient, dansaient comme si elles avaient voulu se libérer de leurs mèches, l'ombre et la lumière jouaient sur le mur, se bousculaient en faisant des dessins étranges qui voulaient peut-être dire quelque chose ; l'air agitait un peu le drapeau ; il semblait que Corriveau allait se lever. L'on priait, l'on murmurait, l'on chuchotait, l'on terminait des prières, l'on recommençait, l'on avalait ses mots pour prier plus vite, pendant que dans sa cuisine, la mère Corriveau battait à coups de poing la pâte de ses

51

tourtières, et la sueur lui coulait dans le dos, sur le front, dans les yeux, elle s'essuyait avec ses mains farineuses, elle avait le visage blanc de farine et la sueur coulait dans la farine, elle arrêtait une goutte de sueur qui la chatouillait entre ses seins, et elle recommençait à préparer sa pâte qu'elle remuait, qu'elle allongeait, qu'elle tordait, et sur la cuisinière, la viande de porc crépitait dans sa graisse bouillante.

— Ne vous dépensez pas trop, mère Corriveau.

— Quand on a un mort dans la maison, il ne faut pas que la maison sente la mort.

Elle ouvrit le four. La croûte dorée chuchota à son contact avec l'air et répandit dans la cuisine un parfum qui réveilla la faim. Un à un, les villageois se levèrent, abandonnant leurs oraisons et Corriveau ; ils passèrent dans la cuisine. La mère Corriveau les accueillait avec une assiette dans laquelle elle avait placé un quart de tourtière sous une sauce faite de pommes, de fraises, de myrtilles, de groseilles mélangées. Anthyme, lui, tendait un verre qu'il remplissait de cidre mousseux. Depuis des années, il fabriquait son cidre au moment de l'automne où, disait-il, « le vent va égratigner les pommes » puis, il enterrait ses bouteilles au sous-sol. Elles restaient enfouies longtemps, longtemps. Ses enfants devenaient des hommes, et les bouteilles demeuraient sous la terre. Parfois, lors des grands jours, Anthyme, parcimonieusement, tirait une bouteille, et vite, il remplissait le trou pour que, disait-il, « la lumière du cidre ne se sauve pas ». Durant des années, le cidre d'Anthyme se chargeait des forces merveilleuses de la terre.

Une bouteille dans chaque main, Anthyme Corriveau cherchait des yeux les verres vides. Quand le verre était rempli, le vieillard avait le sourire du Dieu créateur.

Pendant que, dans le salon, la marée des prières s'apaisait, l'on parlait, l'on riait, l'on discutait dans la cuisine ; l'on mangeait, l'on buvait, l'on était heureux, sous l'œil attendri de la mère Corriveau qui, de temps en temps, essuyait une larme venue à la pensée que son fils était aimé par tant de personnes : non seulement des gens du village, mais aussi l'armée, qui avait envoyé une délégation de sept soldats parce que son fils avait donné sa vie à la guerre. Tant de gens réunis pour pleurer son fils : la mère Corriveau ne pouvait avoir plus belle consolation. Elle n'aurait pas cru que son fils était tant aimé…

L'on mangeait, l'on priait, l'on avait soif, l'on avait faim, l'on priait, l'on fumait, l'on buvait. Devant eux, ils avaient la nuit à passer.

— Tu ne me feras pas croire qu'il n'y a que des hommes comme ceux-là en ville.

— Veux-tu dire que si nos garçons partent d'ici pour aller travailler à la ville, ils deviennent des hommes sessuels ?

Le troisième se moucha trop énergiquement ; il eut des larmes plein les yeux :

— Hé ! Oubliez-vous que c'est la guerre ? Nos garçons ne partent plus pour la ville.

Le premier tenait à son histoire :

— Je vous assure que je ne mens pas…

Le père Anthyme arriva avec ses bouteilles de cidre et remplit leurs verres.

— Je vous assure, poursuivit le premier, que j'en ai déjà vu deux…

— Deux quoi ?

— Deux hommes sessuels. Quand je suis allé en ville. Deux hommes sessuels qui poussaient une voiture d'enfant.

Les trois villageois riaient à ne plus pouvoir se tenir debout, ils étouffaient, ils gloussaient, ils pleuraient, ils allaient crever, ils étaient rouges, ils cessèrent de rire. Le premier reprit son histoire.

— Deux hommes sessuels. Quand j'ai aperçu leur voiture d'enfant, je me suis approché. Je ne pouvais pas croire qu'ils promenaient un enfant. J'ai regardé dans la voiture ; il y avait un petit homme sessuel !

Les deux autres étaient vraiment étonnés :

— Des choses se passent aujourd'hui qu'on n'aurait pas crues il y a seulement trente ans.

— On ne sait même plus s'il y a un bon Dieu. Il y en a qui disent que s'il y avait un bon Dieu, il n'aurait pas permis la guerre.

— Mais il y a toujours eu des guerres, à ce qu'il paraît.

— Alors, cela veut dire qu'il n'y a peut-être jamais eu de bon Dieu.

— Tu pourrais parler d'autre chose, proposa Louisiana qui avait entendu même si elle papotait dans un autre groupe. Cela prend du toupet : dire qu'il n'y a pas de bon Dieu pendant qu'un petit garçon du village se fait rôtir au purgatoire...

La femme de celui qui avait raconté l'anecdote avait entendu aussi :

— Si tu continues de blasphémer, je te ramène à la maison et dans le lit, ce sera les mains sur les couvertures.

Douze villageois au moins s'amusèrent de la menace et burent du cidre.

L'homme pris en défaut indiqua du nez le salon, il pointa le doigt vers Corriveau :

— La grosse, si c'était ton fils qui était là, croirais-tu qu'il y a un bon Dieu ?

— J'y croirais parce qu'il est partout, même dans la tête des idiots comme toi.

— Comme tu dis, le bon Dieu serait dans tes gros tétons.

Anthyme vint lui servir du cidre. L'homme but son verre d'un seul trait.

— Je ne dis pas qu'il n'y a pas de bon Dieu. Je ne dis pas qu'il y en a un. Moi je le sais pas. Si Corriveau l'a vu, qu'il lève la main. Moi, je ne sais pas.

Le père Corriveau qui l'écoutait ébahi, avec ses deux bouteilles de cidre, n'avait rien à dire. Il remplit le verre.

— Ce n'est pas mon enfant, dit l'homme, qui est dans le cercueil, c'est le tien, Anthyme.

— Mais oui, il ne faut pas que tu aies de la peine, dit Anthyme à l'homme qui pleurait, c'est mon garçon, ce n'est pas le tien.

— Ce n'est pas mon garçon qui est dans le cercueil, mais je me demande : s'il y a un bon Dieu, pourquoi s'acharne-t-il à envoyer des enfants dans ces boîtes ? Pourquoi, Anthyme ?

— Un vieillard dans un cercueil, moi, je trouve que c'est aussi difficile à regarder qu'un jeune homme…

Anthyme aussi pleurait.

Les villageois étaient fort gais :

— Hé ! Hé ! rit l'un deux, j'ai déjà vu de belles fesses, de belles ! (Ce n'étaient pas celles de ma femme). Alors, j'ai pensé en moi-même : « S'il y a de si belles fesses sur la terre, qu'est-ce que ça doit être au ciel ! »

— Quel ravage Corriveau va faire ! Vivant, il était un coq !

— Père Anthyme, nous n'avons plus de cidre !

La mère Corriveau tira d'autres tourtières du four. Toute la maison était un four qui sentait la tourtière au lard grasse et dorée. À travers ce parfum flottaient des « salut pleine et grasse », des « entrailles ébénies », des « pour nous pauvres pêcheurs » et des « repas éternel », entremêlés aux forts nuages de tabac. Il fallait passer la nuit. Les soldats se tenaient au garde-à-vous, contre leur mur. Les jeunes filles avaient des distractions pendant leur prière : elles oubliaient les mots de leurs avés pour admirer comme est beau un soldat au garde-à-vous. Qu'ils étaient beaux, ces Anglais qui n'avaient pas de joues au poil dur et dru, mais de belles joues blondes où il aurait été bon de poser les lèvres.

Il n'était pas humain qu'ils restent ainsi toute la nuit figés, raides, immobiles. Ce n'est pas une position quand on est vivant. Les Corriveau allaient leur offrir ou du cidre ou de la tourtière au lard. Mais les soldats refusaient tout ce qu'on leur offrait.

— Pourquoi ne boiriez-vous pas un petit verre de cidre ? demandait Anthyme.

— Prenez donc un petit morceau de ma tourtière au lard, minaudait la mère Corriveau.

Les Anglais ne bougeaient pas, ne répondaient même pas « no » du bout des lèvres.

— Ils méprisent notre nourriture, songeait Anthyme.

La mère Corriveau trouvait que les rires étaient trop généreux :

— Vous allez me réveiller mon fils.

— Voulez-vous un petit verre de cidre, proposait Anthyme qui remplissait le verre avant d'avoir eu une réponse.

L'on priait dans le salon : « Jésus-Christ », « ainsi soit-il », « sauvez-nous », « le feu éternel », l'on priait en escamotant des syllabes, des mots, l'on se hâtait à réciter ses prières, plus vite l'on priait, moins longtemps Corriveau resterait dans les flammes du purgatoire ; et, s'il était condamné aux flammes éternelles de l'enfer, peut-être les prières adouciraient-elles le feu.

Dans la cuisine, l'on parlait :

— Moi, je parie mon chien que grimper une femme trois fois par jour, sans compter les nuits, cela brise un cœur.

— Il vaut mieux se tuer à grimper sa femme qu'à travailler.

— Cochon !

Celui qui avait lancé l'accusation était célibataire. L'autre l'accusa :

— J'aime mieux ceux qui grimpent leurs femmes que ceux qui s'amusent tout seuls comme les célibataires.

Le célibataire avait l'habitude de cette accusation :

— Je préfère grimper les femmes des hommes mariés.

Les villageois s'esclaffèrent, l'on rotait, l'on avalait une gorgée de cidre et, sans renouer leurs cravates, ils passèrent, d'un commun accord, dans le salon, afin de prier. Ceux qui étaient dans le salon se levèrent et se déplacèrent vers la cuisine où la mère Corriveau n'en finissait pas de caresser ses tourtières au lard, ni Anthyme Corriveau de remplir des verres de cidre.

— Écoutez, je vais vous en raconter une bonne.

— Je n'ai pas l'habitude de prêter mon oreille aux mots sales, assura le père Anthyme qui avait envie d'entendre l'histoire. Mais ce soir, rire un peu me fera oublier ma triste tristesse. Avoir perdu mon garçon me fait autant souffrir que si l'on m'avait arraché les deux bras. C'est pire, même. Je me revois, un matin de printemps. Il était entré à la maison bien après le premier soleil. Sa chemise était ouverte. Elle était tachée de sang. Une chemise blanche. Il avait la lèvre grosse comme mon poing. L'œil gauche (ou droit) était fermé, tant il était enflé. Je me suis placé dans le cadre de la porte de sa chambre et j'ai dit : nous ne discuterons pas ; retourne d'où tu viens et ne remets plus les pieds dans la maison, ivrogne. Il est parti. Et il nous est revenu aujourd'hui.

Anthyme Corriveau ne pouvait plus parler ; il sanglotait. Sa femme le regardait, durement, comme celle qui ne se laissera pas attendrir.

— Il a trop bu, le vieux vicieux. Il jetait ses fils à la porte sans s'apercevoir qu'ils lui ressemblaient. Il sert le cidre à tout le monde, mais il ne s'oublie pas. Il profite de la mort de son fils pour s'adonner à l'ivrognerie qui rend l'homme semblable à la bête. Vieille canaille, tu es saoul.

— Je suis triste, ma femme, je n'ai jamais été aussi triste.

— Allez, père Anthyme, donnez-moi un peu de cidre et ne pleurez pas. Ce que le bon Dieu vous enlève, il vous le rendra au centuple.

— À mon âge, vous savez bien que je ne peux pas me faire un autre garçon. Pas avec ma femme, en tout cas...

— Buvez un peu, père Anthyme, et écoutez mon histoire.

— Ma femme ne veut pas que je boive.

— Vous êtes trop triste. C'est un malheur d'être triste autant que vous l'êtes. Il faut vous distraire un peu. Écoutez celle-ci, elle est bien bonne... Une fois c'était...

Le raconteur mit son bras autour des épaules d'Anthyme Corriveau et raconta sur un ton assez confidentiel pour attirer les curieux :

— Une fois, c'était une jeune fille de la ville qui était venue chez moi : une cousine. Elle m'avait demandé de traire une vache. Assieds-toi sur le petit banc, que je lui dis ; tu sais quoi faire ? — Oui. Je passe à autre chose. Je reviens, cinq minutes plus tard. Elle était toujours assise à côté de la vache. Elle chatouillait du bout des doigts les pis, elle les caressait tendrement. Veux-tu me dire ce que tu fais là ? que je lui demande. — Je les fais durcir, mon oncle !

L'on rit lourdement, l'on rit à s'étrangler, l'on se battait les cuisses, l'on se bousculait, l'on n'avait jamais entendu une histoire aussi drôle. Anthyme avait les larmes aux yeux, mais de rire, maintenant, il était tellement secoué par son rire qu'il renversait du cidre sur le parquet :

— Vous me faites mourir, disait-il.

Et il passa à un autre groupe où la soif était grande. Dans le salon, sur le cercueil de Corriveau, la flamme des bougies était tenace.

Anthyme Corriveau se retrouva, après avoir servi à boire, en face du raconteur d'histoire, orgueilleux du succès dont il se délectait encore :

— Père Anthyme, cette histoire m'a été racontée par votre garçon. Il doit la rire avec nous.

— Oh ! dit Anthyme, il ne doit pas avoir envie de rire.

***

La mère Corriveau n'arrêtait pas de cuire des tourtières au lard. La sueur l'avait trempée comme si elle avait passé sous un orage. Elle se démenait autour de la cuisinière. Quelque chose tout à coup lui piqua un sein. Elle enfonça la main dans sa poitrine. Elle avait oublié, dans son chagrin, la lettre que lui avait remise en arrivant le Sergent.

— Anthyme, ordonna-t-elle en tirant la lettre d'entre ses seins, viens ici. J'avais oublié.

Elle brandit la lettre.

— Viens ici. J'ai reçu une lettre de mon garçon.

— De notre garçon, rectifia Anthyme. Ouvre-la. Vite.

À cause de cette lettre, Corriveau était vivant. Ils oubliaient que leur enfant était couché dans son cercueil. La vieille déchira fébrilement l'enveloppe. Ce n'était pas vrai qu'il était mort, puisqu'il écrivait. Cette lettre corrigeait la vie. Les villageois, d'un groupe à l'autre, se répétaient que les Corriveau avaient reçu une lettre de leur fils, ils continuaient de rire, de manger, de boire, de prier. La mère Corriveau commença à déchiffrer lentement cette lettre que l'on avait trouvée dans la poche de son fils :

— Bien chers parents,

Je vous écrirai pas longtemps car je dois garder mon casque d'acier sur la tête et si je pense trop fort, la chaleur pourrait ramollir mon casque qui ne me protégerait plus très bien. Les chaussettes que maman m'a envoyées sont vraiment très chaudes. Donnez-moi des nouvelles de mes frères. Y en a-t-il qui se sont fait tuer ? Quant à mes sœurs, elles doivent continuer à laver de la vaisselle et des couches. J'aime mieux recevoir des obus dans le derrière plutôt que de penser à tout cela. J'ai gagné une décoration ; c'est agréable. Plus on a de décorations, plus on se tient loin des Allemands. (La mère Corriveau reprit, en insistant, ce passage). J'ai gagné une décoration…

Le père Corriveau, émerveillé, arracha la lettre des mains de sa femme et proclama en bousculant tout le monde :

— Mon garçon a gagné une décoration ! Mon garçon a mérité une décoration !

De tous les cœurs, du fond des cœurs de ceux qui priaient et du fond des cœurs de ceux qui déjà étaient ivres, monta un hymne qui fit vibrer le plafond :

« Il a gagné ses épaulettes
Maluron malurette
Il a gagné ses épaulettes
Maluron maluré. »

***

Finalement, l'on s'empiffrait aussi dans le salon. Le drapeau qui recouvrait le cercueil de Corriveau était devenu une nappe sur laquelle on avait laissé des assiettes vides, des verres, et renversé du cidre.

Assis sur la table de cuisine, ou appuyé contre un mur à cause de l'équilibre difficile, l'assiette dans une main, le verre de cidre dans l'autre, la graisse de tourtière dégoulinant sur le menton et sur les joues, ou bien la tête échouée sur un tas de vaisselle graisseuse, ou bien soutenu par le montant de la porte ouverte sur la neige et le froid, essayant de vomir le vertige, ou bien les deux mains sur les fesses généreuses d'Antoinette, ou bien essayant de transpercer du regard la laine ajustée sur les seins de Philomène, l'on mangeait de la tourtière juteuse au salon, dans l'odeur des bougies qui allaient s'éteindre et l'on priait dans l'odeur lourde de la cuisine, l'odeur de la graisse à laquelle se mêlait celle de la sueur de ces hommes et de ces femmes.

L'on priait :

— Sainte-Marie pleine et grasse, le seigneur, avez-vous ? Entrez toutes les femmes...

Ces gens ne doutaient pas que leur prière serait comprise. Ils priaient avec toute leur force d'hommes, toute leur force de femmes accoucheuses d'enfants. Ils ne demandaient pas à Dieu que Corriveau revînt sur terre ; ils imploraient tout simplement Dieu de ne pas l'abandonner trop longtemps aux flammes du purgatoire. Corriveau ne devait pas être en enfer. Il était un enfant du village, et il aurait semblé injuste, à ces villageois, qu'un de leurs enfants fût condamné aux flammes éternelles. Plusieurs méritaient peut-être un très long purgatoire, mais personne ne méritait vraiment l'enfer.

Amélie était venue avec Arthur, pendant qu'Henri, son déserteur de mari, était resté tapi dans son grenier, bien protégé par des malles lourdes glissées sur la trappe :

— Au purgatoire, le feu fait moins mal qu'en enfer. On sait que l'on peut sortir du purgatoire ; on pense à cela pendant que l'on brûle. Alors le feu mord moins fort.

Prions donc pour que le feu du purgatoire purifie Corriveau… Je vous salue Marie…

Amélie mettait bout à bout ses prières, des formules apprises à l'école, des réponses de son petit catéchisme, et elle sentait qu'elle avait raison.

— Prions encore une fois, dit-elle.

Comment une femme qui menait une vie malhonnête avec deux hommes dans la maison pouvait-elle être si pieuse ? Comment pouvait-elle expliquer les choses surnaturelles de la religion et de l'enfer avec tant de sagesse ? Malgré sa vie impure, Amélie était bonne. Des occasions comme ce soir-là étaient heureuses, se disait-on : il fallait des morts et des enterrements de temps en temps pour se rappeler la bonté des gens. Les villageois ressentaient une grande douceur dans l'âme : il n'était pas possible qu'il y eût un enfer. Dans les imaginations imbibées de cidre et de lard, les flammes de l'enfer étaient à peine plus grosses que les flammes des bougies sur le cercueil de Corriveau. Ces flammes ne pouvaient brûler toute l'éternité, tous les feux que l'on connaissait s'éteignaient après un certain temps, les feux d'abatis comme les feux de bois ou le feu de l'amour ; une flamme éternelle ne semblait pas possible, il n'y a que Dieu d'éternel, et comme Corriveau était un enfant du village où les gens sont bons malgré leurs faiblesses, il ne resterait pas longtemps au purgatoire ; on le sortirait à force de prières et peut-être même était-il sorti maintenant ?

— Memento domine domini domino…

— Requiescat in pace !

La mère Corriveau n'arrivait pas à remplir les assiettes toujours tendues vers elle comme des becs affamés ; Anthyme, au sous-sol, déterrait de nouvelles bouteilles de cidre.

Les Anglais étaient au garde-à-vous, impassibles :

des statues. Leurs yeux même ne bougeaient pas. On ne les remarquait plus. Ils faisaient partie du décor comme les fenêtres, les lampions, le crucifix, le cercueil, les meubles. Si quelqu'un les avait observés de proche, il aurait remarqué une moue de dédain à la pointe de leurs narines et aux commissures de leurs lèvres :

— Quels sauvages, ces French Canadians !

Ils ne bougeaient ni ne se regardaient. Ils étaient de bois. Ils ne suaient même pas.

Mains dans les poches, le derrière appuyé contre le cercueil, Jos et Pit causaient :

— Ce sacré Corriveau, j'aimerais savoir à quoi il pense dans son cercueil, avec toutes ces femmes qui rôdent autour de lui.

— Il y a beaucoup de femmes qui vont pleurer à son enterrement.

— Il y a plusieurs femmes qui vont rêver la nuit à un fantôme aux mains douces.

— Moi, je mettrais la main dans la merde qu'il a déshabillé au moins vingt-deux femmes qui sont ici : Amélie, Rosalia, Alma, Théodélia, Joséphine, Arthurise, Zélia…

— Qu'est-ce que cela lui donne ? trancha Jos ; maintenant Corriveau est couché entre ses quatre planches, tout seul. Il ne se lèvera plus.

— Albinia, continua Pit, Léopoldine, Patricia, puis ta femme…

— Qu'est-ce que tu dis, Calvaire ?

— Je te dis la vérité.

Avant d'avoir prononcé la dernière syllabe, Pit reçut un coup de poing sur les dents. Il tomba à la renverse, parmi les assiettes et les verres, sur le cercueil de Corriveau. Les soldats s'avancèrent d'un même pas, ils empoignèrent les deux hommes, les jetèrent par la porte ouverte, dans la neige, et revinrent reprendre leur poste.

L'on entendait les cris des deux ennemis qui hurlaient de douleur et leurs blasphèmes dans l'air froid. Pendant qu'ils s'entre-déchiraient, l'on priait pour le salut de Corriveau.

— Donnez-lui le salut éternel. Pardonnez-lui ses offenses.

L'on cessa de manger. L'on n'osa plus porter un verre à ses lèvres. Tous priaient. L'hiver redevint silencieux.

— Ils se sont tués, gémit une femme.

Les deux hommes apparurent dans l'embrasure de la porte, visage sanglant et bleu, enneigés, les vêtements déchirés. Ils se tenaient embrassés.

— Ce n'est pas la peine de se battre si Corriveau n'est pas de la bataille, expliqua Pit.

Ils se dirigèrent vers Corriveau :

— Tu as manqué une Vierge de belle bataille, dit Jos.

Pit mit deux doigts dans la bouche. Il lui manquait quelques dents.

— La paix vaut bien un verre de cidre ! proclama Anthyme.

***

Molly regardait dormir Bérubé, la tête sur sa vareuse repliée en guise d'oreiller. Elle s'était réveillée parce qu'elle avait froid. Elle se pressa contre sa poitrine. La chaleur de cet homme endormi était bonne. Bérubé ronflait. À chaque expiration, il enveloppait la figure de Molly d'une haleine qui sentait le scotch et la saucisse pourrie...

— Comme cela pue, un homme qui dort...

Elle détourna le visage pour ne pas recevoir cette odeur désagréable sous le nez, mais elle resta collée à lui, chair contre chair. Elle glissa son bras sous l'épaule de Bérubé, pressa un peu plus encore sa poitrine contre celle de Bérubé comme si elle avait voulu confondre ses seins avec son torse dur. Le sexe de Bérubé s'éveilla doucement. Auprès de Bérubé, anéantie par un vertige brûlant, elle aurait voulu se jeter en lui comme en un gouffre sans fond. L'on riait au rez-de-chaussée, l'on y priait aussi, et, sous son drapeau, Corriveau était mort, il ne rirait plus jamais, il ne prierait plus jamais, il ne mangerait plus, il ne verrait plus la neige, il ne verrait plus jamais une femme, il ne ferait plus l'amour. Molly, de toute sa bouche, baisa la bouche endormie, elle aurait voulu lui arracher son souffle. Bérubé s'agita un peu, Molly sentait sa chair s'éveiller, s'arracher au sommeil, elle soupira :

— Darling, let's make love. J'ai peur que tu meures aussi.

Bérubé remua, grogna, péta.

— Let's make love, please !

Bérubé roula sur Molly.

C'est la mort qu'ils poignardèrent violemment.

* * *

Trois petits coups soudains, frappés à la fenêtre du salon au-dessus du cercueil de Corriveau, donnèrent un frisson. Les villageois se turent, écoutèrent. Quand quelqu'un mourait, il se passait chaque fois des événements inexplicables. L'âme des morts était désireuse de ne pas quitter la terre. Rien maintenant ne troublait le silence. Les villageois tendaient l'oreille. Ils n'entendaient que leur respiration rauque à cause de la peur. Le froid tordait les poutres, dans les murs qui geignaient. Le silence était aigu à couper une gorge.

Trois autres petits coups vibrèrent à la fenêtre. Les villageois s'interrogeaient du regard. Ils ne s'étaient pas trompés. Ils avaient bien entendu. Les hommes enfoncèrent les mains dans les poches en raidissant le torse avec un air de défi. Les femmes se pressèrent contre les hommes. Moins affolé, Anthyme dit :

— Il se passe quelque chose à la fenêtre.

Anthyme tira le rideau qu'on n'ouvrait jamais. La nuit était descendue depuis longtemps. Elle était très noire, derrière la fenêtre. Les villageois avaient les yeux rivés sur ce gouffre.

— S'il y a eu un bruit à la fenêtre, c'est qu'il y a quel-qu'un, raisonna la mère Corriveau. Regarde mieux, An-thyme, et pas les yeux fermés.

— Ce n'est peut-être pas quelque chose de visible, proposa une femme.

Une ombre bougea tout à coup dans l'ombre. Anthyme prit une bougie sur le cercueil et l'approcha de la fenêtre. La lumière éclaira d'abord le givre qui étincela. Au centre du carreau, la vitre était libre, mais Anthyme n'y apercevait que son image reflétée. L'on frappa de nouveau.

— Vieille pipe de Christ, jura-t-il, si vous voulez entrer, passez par la porte.

Une petite voix, de l'autre côté de la fenêtre, essaya de se faire plus forte que le vent :

— Vous ne me reconnaissez pas ? demandait-elle.

— Vieille pipe de Christ, si tu te faisais voir, je te reconnaîtrais peut-être... As-tu honte de ta face ?

— Ouvrez ! implorait la petite voix. C'est moi.

— Vieux pape du Christ, tu ne vois pas la différence entre une fenêtre et une porte...

Anthyme grimpa, les deux pieds sur le cercueil de son fils.

— Ouvrez...

— Ouvrir, répéta Anthyme ! Baptême ! Ce n'est pas l'été.

— C'est moi ! Je suis Esmalda.

— Esmalda ! Vieille pipe du petit Jésus ! Esmalda ! C'est ma fille Esmalda, qui est religieuse, expliqua

Anthyme. C'est notre petite religieuse ! Entre, ma petite Memelda !

— La sainte règle de notre communauté me défend d'entrer dans la maison paternelle.

— Ma petite Esmalda ! se pâma la mère Corriveau, ma petite Esmalda que je n'ai pas revue depuis ce matin où elle est partie avec sa petite valise qui ne contenait que son chapelet et qui m'avait laissé une boucle de ses cheveux, de beaux cheveux blonds, que j'ai accrochée sous les pieds du Christ, sur le crucifix. (Elle pleurait de joie ; elle frottait ses yeux pour essuyer les larmes.) Ma petite Esmalda ! Notre petite sainte !

Les villageois se mirent à genoux et inclinèrent la tête.

— Je ne peux pas entrer dans la maison paternelle.

— Vieille pipe de Christ ! Je voudrais bien voir quelqu'un qui t'empêcherait d'entrer dans la maison de ton père...

— ... et de ta mère ; viens te chauffer. Et j'ai fait des bonnes tourtières au lard... Ne reste pas dehors.

— Mais je dois obéir...

— Je suis ton père : si tu ne m'avais pas eu, les bonnes sœurs de ta communauté ne pourraient pas te défendre d'entrer chez moi.

— Je dois obéir.

— Vieux pape !

Sa femme lui coupa la parole :

— Anthyme, tu ne comprends rien aux choses saintes !

Le visage d'Esmalda, rapproché du carreau, son haleine et sa voix, sa chaleur, avaient agrandi un cercle dans le givre. On devinait mieux son visage encore noyé dans la nuit.

— Je voudrais prier pour mon frère. Ouvrez la fenêtre.

— Entre par la porte, cria Anthyme. Nous sommes contents de te voir. La fenêtre ne sera pas ouverte. Ce n'est pas l'été. Si tu ne veux pas te donner la peine d'entrer pour voir ton petit frère mort à la guerre, reste dehors et retourne avec celles qui te demandent de dédaigner ceux qui t'ont mise au monde.

La mère Corriveau s'interposa :

— Anthyme, va chercher le tournevis et le marteau. As-tu envie de refuser l'hospitalité à une petite sœur de Jésus ?

En se servant du tournevis comme d'un coin qu'il enfonça à coups de marteau dans l'interstice entre la fenêtre et le cadre, Anthyme entreprit d'arracher la fenêtre à la glace. Malgré le marteau et les coups d'épaule, la fenêtre restait assujettie.

Arsène et Jos rejoignirent Anthyme sur le cercueil. À trois, ils arrachèrent la fenêtre comme se déchire un tissu.

Un souffle froid s'abattit dans le salon. Le visage de la religieuse apparut, sous la cornette, chiffonné par la lumière des lampions.

— Il est doux de revenir chez ses parents, déclara la religieuse : mort ou vivante.

Trempés de sueurs, les villageois maintenant grelottaient. La sueur devenait glace dans leurs dos.

La tête de la religieuse était immobile. Un sourire mince dévoilait des dents aiguës.

— Qui est mort ? Qui est vivant ? Le mort peut être vivant. Le vivant peut être mort.

Les villageois se signaient.

— Le péché peut avoir tué celui qui vit. Qui est sans péché ? La grâce, don de Dieu, peut avoir ressuscité celui qui est mort. Qui a la grâce de Dieu ?

Esmalda se tut. Elle regardait les villageois assemblés devant le cercueil de Corriveau. Sur chacun, elle posa un long regard pour bien le reconnaître. Elle ne les avait pas vus depuis de nombreuses années, depuis son adolescence. Elle constatait combien le temps avait été vorace, combien il avait ravagé les gens de son village. Quand elle avait reconnu quelqu'un, elle souriait moins parcimonieusement. On n'oublierait plus ce sourire.

— Tous ensemble, les hommes peuvent damner une âme, dit-elle ; tous ensemble, ils ne peuvent sauver une âme damnée. Tous ensemble, les hommes peuvent conduire l'un des leurs derrière cette porte qui ne s'ouvre qu'une fois et derrière laquelle l'éternité est du feu, mais, tous ensemble, les hommes ne peuvent faire admettre l'un des leurs dans le royaume du Père.

— Je vous salue Marie, implora une voix qui avait le ton d'un dernier cri avant le naufrage.

Les villageois reprirent en chœur :

— Le Seigneur est avec vous, ayez pitié de nos pauvres pécheurs...

La religieuse attendit que l'oraison fût terminée ; puis elle dit :

— Je ne vous demande pas d'ouvrir le cercueil pour voir mon frère. S'il est damné, je ne reconnaîtrais pas son visage de damné, de démon torturé ; s'il est sauvé, je ne suis pas digne d'apercevoir son visage d'ange choisi par Dieu.

— Je vous salue Marie... lança une autre voix, comme si elle avait voulu chasser ce qu'on avait entendu.

— Pardonnez les pécheurs !

La religieuse courba la tête au-dessus de son frère, elle se recueillit un instant, elle pria en silence, puis elle leva les yeux vers les villageois :

— Tous les hommes vivent ensemble, mais ils suivent des chemins différents. Or, il n'y a qu'un seul chemin : celui qui mène vers Dieu.

Les dents cariées de la religieuse transperçaient son sourire un peu triste :

— Qu'il est doux de revenir parmi les siens !

Elle se retourna et elle disparut dans la nuit et la neige.

— C'est une sainte ! s'exclama la mère Corriveau.

— Fermons vite cette fenêtre, dit Anthyme.

***

Étendant les bras pour expliquer combien long était le cochon qu'il avait tué pour Anthyme et que l'on dévorait, haché, dans les tourtières de la mère Corriveau, Arsène heurta maladroitement son voisin : le verre à sa main éclata et déchira la joue d'Arthur. Le sang gicla. Arthur tamponna la blessure avec la manche de son costume. Amélie lui retint le bras :

— Arthur, ne va pas me salir ton costume du dimanche ! Les marques du sang restent.

Arthur refusa de s'asseoir. Il restait debout, au centre de la cuisine. Les villageois faisaient cercle autour de lui pour regarder le sang couler. Arthur était sidéré de voir tant de sang jaillir d'une si petite coupure. Il avait la sensation de se vider, comme une bouteille, de son contenu. Dès qu'il faisait le geste de porter la main à sa blessure pour ralentir, par une pression, le flot du sang, Amélie rabaissait son bras. Il s'étonnait que le sang fût si rouge. Étourdi, il remettait la main sur sa blessure, le sang brûlait ses doigts, coulait sur sa main, son poignet, son costume.

— C'est un vrai bébé, disait Amélie : je lui dis de ne pas mettre ses mains dans son sang et il ne peut pas résister.

Anthyme arriva avec une serviette. Il l'imbiba de cidre :

— Le cidre est très bon pour le sang.

— Arthur saigne comme le cochon qu'il a tué !

— Au lieu de rire, ordonna Amélie, apportez plutôt de la neige.

Quelques hommes sortirent et revinrent avec des tas de neige dans les mains. Amélie s'occupa d'en appliquer sur la blessure d'Arthur qui grimaça à cause du froid. Toute rouge de sang, la neige tombait sur le parquet et fondait. Arsène, l'auteur de la blessure, ne savait que s'excuser gauchement :

— Si j'avais frappé un peu plus fort, on t'enterrait avec Corriveau.

Arsène ricana. L'on rit. Arthur et Amélie avaient les vêtements rouges de sang. Rassemblé autour d'eux, l'on contemplait tout ce sang :

— Arthur ne voulait pas aller à la guerre, mais il est aussi beau qu'un beau blessé de guerre.

— Taisez-vous, implora une femme.

— Un beau blessé n'est pas aussi triste qu'un beau mort à la guerre, précisa la mère Corriveau qui, après l'accident, était retournée à sa pâte dans laquelle tomba une larme, et à ses tourtières qui grésillaient dans le four.

Arsène insista :

— Voir tant de beau sang rouge et une figure si bien estropiée, moi, me donne des remords de n'être pas allé à la guerre. Arthur me donne envie d'aller à la guerre. Il me semble qu'avoir à ses pieds un Allemand qui perd tout son sang de maudit Allemand, cela doit satisfaire un homme. Mais il paraît que nos soldats ne voient pas les Allemands quand ils perdent leur sang. Nos soldats lancent des petits coups de fusil, puis ils se cachent aussitôt, pissant dans leurs culottes de peur d'avoir attrapé un Allemand, parce que les Allemands savent se défendre.

— Fermez vos grandes gueules, hurla une voix démente qui pétrifia les villageois.

— Fermez vos gueules, répéta la même voix, plus calme.

***

Bérubé apparut dans l'escalier, le torse nu, le visage plat comme s'il n'avait pas eu d'yeux, nu-pieds, son pantalon kaki trop large et sa braguette ouverte.

— Vos gueules !

Personne ne desserrait les lèvres. Ses cris avaient étouffé les rires et les prières. Les hommes n'osaient poser leurs verres et leurs assiettes en vue d'une belle bataille. Les chapelets étaient immobilisés entre les doigts des femmes. Bérubé descendit la dernière marche de l'escalier en se boutonnant. On laissa le passage libre, reculant devant lui. Il posa son calot sur ses cheveux en désordre. Il bouscula quelques ventres, quelques mamelles et se trouva devant Arsène tout convulsionné : son rire était bloqué dans sa gorge. Bérubé empoigna Arsène par le veston. Les boutons volèrent, l'étoffe éclata. Les villageois étaient de glace.

— Calice de ciboire d'hostie ! Christ en bicyclette sur son Calvaire ! Tu trouves qu'on s'amuse à la guerre ? Gros tas de merde debout ! La guerre est drôle ? Je vais te faire comprendre ce qu'est la guerre. Tu vas rire.

Pendant qu'il éructait ses blasphèmes, Bérubé frappait Arsène au visage (« maudit ciboire de Christ ! »), non pas du poing, mais de sa main ouverte, et le gros visage d'Arsène se tordait sous la douleur. Bérubé avait les yeux rouges, la grosse tête d'Arsène se balançait selon les coups (« cochon de tabernacle ! »), le veston était en pièces, la chemise déchirée, Bérubé aboyait.

— Oh ! dit Zeldina, j'ai pissé par terre…

— Ferme ta gueule ou je te fais lécher le plancher !

Il poussa Arsène contre un mur, il le secoua à ébranler la maison.

— Ah ! disait-il, les soldats s'amusent bien à la guerre ! C'est amusant, la guerre. Vous ne connaissez rien d'autre que le cul de vos vaches qui ressemblent à vos femmes. C'est drôle, la guerre... Vous vous amusez quand Corriveau est là dans son cercueil ; il ne peut plus rire, il ne pourra jamais plus rire, jamais plus rire, crucifix...

Bérubé ne pouvait plus crier, ni blasphémer, ni parler. Une colère aiguë l'étreignait à la gorge, ses yeux brûlaient, il éclata comme un enfant en sanglots.

Était-il le diable en chair et en os ? Terrifiés, les villageois ne priaient plus.

Arsène, voulant profiter de l'attendrissement de Bérubé pour s'esquiver, risqua de bouger un pied. Ce mouvement ne déclencha aucune réaction : Bérubé ne l'avait pas remarqué. Alors Arsène s'élança. Déjà Bérubé l'avait repris, l'étau de ses mains lui serrait la tête :

— La guerre est amusante, n'est-ce pas, grosse merde ? Je vais faire un homme de toi. En avant, marche !

Bérubé le poussa, le bouscula vers le miroir accroché au mur de la cuisine. Les villageois se dispersèrent, s'écrasèrent les orteils, cassèrent verres et assiettes, répandant du cidre sur les robes et les vestons. Bérubé aplatit la figure d'Arsène contre le miroir :

— On s'amuse à la guerre, n'est-ce pas ? C'est drôle un homme qui a le visage en sang, comme une fraise des champs écrasée... Ris ! Il n'y a rien de plus drôle que la guerre !

Arsène n'osait bouger un pore de sa peau.

— Ris, que je t'ai dit, répétait Bérubé, en lui frappant sur les oreilles.

Arsène vit apparaître sur la glace ses dents brunies par le tabac, et pourries, entre ses lèvres qui se décollaient en un sourire crispé.

— Ris !

Bérubé frappait Arsène. Les coups résonnaient avec un écho dans sa tête, comme si elle avait été immense. Sa tête allait éclater. La cervelle lui sortirait par les yeux.

— C'est drôle, la guerre. Ris.

Finalement, Arsène réussit à lancer un gros rire faux.

— Alors, tu ris quand des hommes se font massacrer par les maudits Allemands. Je vais te faire comprendre, sainte merde de mon doux Jésus.

De nouveau, il le frappait, lui écrasait la tête entre ses deux mains. Après plusieurs coups, Bérubé arrêta le supplice :

— Dis-nous ce que tu vois dans le miroir.

— Je me vois, répondit Arsène, peureusement.

— Tu vois un gros tas de merde. Regarde bien. Qu'est-ce que tu vois dans ce miroir ?

Bérubé empoigna Arsène par le cou et il l'agita jusqu'à ce qu'il demandât grâce. Alors Bérubé se calma.

— À la guerre, il faut savoir bien regarder, il faut tout voir. Regarder, cela s'apprend. Tout s'apprend par les fesses. Tiens.

Il lui décrocha quelques coups de pied.

— Alors, demanda Bérubé, qu'est-ce que tu vois dans le miroir, si tu te regardes ?

— Je vois Arsène.

— Il ne comprend rien.

Bérubé recommença à le frapper sur les oreilles. Arsène était si abasourdi qu'il avait envie de vomir, comme si tout ce que contenait sa tête était tombé dans sa gorge. Bérubé le menaçait maintenant de son poing fermé devant ses yeux.

— Arsène, je veux faire un bon soldat de toi. Dis-moi exactement ce que tu vois quand tu regardes dans ce miroir.

— Je me vois.

Bérubé recula son poing pour lui faire comprendre que la menace était plus forte.

— Une dernière fois : qu'est-ce que tu vois dans ce miroir ?

— Je vois un tas de merde.

Bérubé avait gagné. Il sourit. Il embrassa Arsène. Il lui tapota la joue :

— Tu es un vrai bon soldat déjà.

* * *

Les injures criées avaient réveillé Molly. Elle allongea sa main pour caresser Bérubé mais, ne le trouvant pas dans le lit, elle bondit, comme soulevée par un cauchemar ; à ce moment, Bérubé hurlait quelque blasphème, elle reconnut sa voix, sauta hors du lit sur le parquet froid, enfila sa robe qu'elle avait laissée tomber par terre, et courut au rez-de-chaussée, inquiète.

Elle apparut comme une autre incarnation du diable, dans cette maison où l'on veillait un homme mort. Se hâtant, Molly avait enfilé sa robe sans prendre soin de revêtir d'abord ses jupons ; aussi était-elle tout à fait nue car sa robe était de tulle très clair. Personne n'osa élever la voix pour lui dire d'aller se vêtir.

Molly s'arrêta un instant dans l'escalier ; elle essaya de comprendre ce qui se passait. Elle se tenait royale, sous sa longue robe transparente. Les femmes fermèrent les yeux et elles imaginèrent qu'elles avaient déjà ressemblé à cette fille, avant les enfants, avant les nuits blanches, avant les bourrades de leurs hommes, avant ces hivers chaque fois plus interminables. Elles ne pourraient plus jamais lui ressembler ; elles la détestèrent. Les hommes étaient dévorés par cette flamme si doucement sculptée, sous le tulle. Un incendie crépitait dans leur corps. Ce ventre arrondi pour la caresse n'était pas un sac gonflé d'intestins, ces seins solides comme de petits pains chauds ne ballottaient pas sur le ventre. Les adolescents mirent une main dans leur poche et serrèrent les jambes.

Molly avait appris à ne pas se mêler aux querelles des hommes. Elle traversa, tête haute, la cuisine comme s'il ne s'y était rien passé, et elle alla au salon. Les soldats au garde-à-vous n'eurent aucune réaction, aucun mouvement. Molly s'agenouilla devant le cercueil de Corriveau, elle pria Dieu de ne pas condamner à son terrible enfer l'âme de Corriveau qu'elle n'avait pas connu, mais qui avait des parents si respectables. Il n'avait pas dû être très heureux puisqu'il était né French Canadian.

Corriveau devait ressembler à tous ces jeunes soldats qui étaient venus dans son lit pour oublier qu'ils n'étaient aimés de personne et Molly se sentait très heureuse quand, après s'être rhabillés, ils donnaient un dernier baiser avec, aux yeux, un certain bonheur. Elle aimait beaucoup ces jeunes soldats : leurs désirs n'étaient jamais compliqués comme ceux des vieux officiers ou des voyageurs de commerce qui lui demandaient toutes sortes de fantaisies qu'elle n'aimait pas mais qu'elle accordait parce que ces gens payaient bien. Seuls les jeunes soldats la rendaient heureuse. Corriveau aurait été simple comme ces jeunes soldats : quand il aurait refermé la porte de la chambre, elle aurait peut-être été triste de le voir partir. Plusieurs revenaient dans son lit, parfois elle les reconnaissait, mais plusieurs aussi ne revenaient pas.

Maintenant, les jeunes soldats, les vieux officiers, les voyageurs de commerce, et tous les autres, ne viendraient plus dans son lit pétrir sa chair avec une main avide comme s'ils avaient voulu, dans cette chair, modeler un autre corps de femme : celui de la femme à laquelle ils pensaient. Bérubé seul l'aimerait.

Molly devint toute triste à la pensée de ces jeunes soldats qui ne viendraient plus dans sa chambre avec une grossièreté affectée, qui n'échapperaient plus dans son oreille, un « je t'aime » au moment où ils seraient gonflés de tout leur amour inutile. Molly essuya une larme. Tout son amour serait destiné à Bérubé. Ils l'oublieraient vite : Molly n'était pas la seule à l'hôtel et il y avait d'autres hôtels. Quelques-uns ne pourraient certainement pas l'oublier : les petits soldats qui n'étaient pas revenus de la guerre, ceux qui ne reviendraient pas. Si jamais Molly était malheureuse, ce serait à ceux-là qu'elle demanderait de l'aide. Ces petits soldats qui avaient donné leur vie à la guerre ne pourraient pas refuser d'aider Molly.

Molly pria Dieu qu'il ouvrît les portes de son ciel à tous les jeunes soldats qui ressemblaient à Corriveau. Elle récita quelques prières mais cela était bien difficile. Elle n'arrivait plus à les réciter jusqu'à la fin. Le sommeil était plus fort que son désir de sauver les âmes des jeunes héros de la guerre, plus fort que sa détresse de voir de jeunes hommes comme Corriveau connaître la mort avant d'avoir connu la vie. Mieux valait aller dormir tout de suite ; Molly se lèverait très tôt, à l'aube ; très reposée, elle demanderait à Dieu le salut de Corriveau et de tous ses semblables.

— Prenez, ma bonne petite fille, ma bonne petite femme, mangez ce petit morceau de tourtière.

La mère Corriveau déposa une assiette devant Molly, sur le cercueil de Corriveau. Molly prit une bouchée par politesse.

— Vous, dit la mère Corriveau aux soldats, vous ne vous amusez pas beaucoup. Ma foi, vous avez l'air tout tristes. Des soldats, ça ne doit pas être triste. On dirait que vous êtes en deuil. C'est vrai que vous êtes des Anglais. On ne vous veut pas de mal. On ne vous renverra pas chez vous en Angleterre. On vous aime bien.

Voulez-vous chacun une petite assiette avec une pointe de tourtière, comme j'ai servi à notre petite Molly ?

Les soldats ne bougeaient pas. Seuls les yeux du Sergent tournèrent dans leurs orbites. Ses lèvres se décollèrent à peine pour dire :

— Sorry. We're on duty.

Et il hurla, pour durcir la tenue de ses hommes :

— Attention !!!

Molly grignota une autre bouchée et se leva pour monter au lit. Quand elle entra dans la cuisine, Bérubé la saisit par un bras et lui dit :

— Viens, toi, la toute nue, on a besoin de tes services.

Bérubé la battrait-il ? Elle s'aperçut qu'elle était, comme son mari l'avait dit, vraiment nue sous sa robe de tulle.

Arsène, ridicule, se tenait devant Bérubé qui s'acharnait à le frapper à main ouverte. Bérubé la maltraiterait-il ainsi ? Le gros homme avait le visage si rouge que la chair semblait vouloir éclater.

— What do you want ? demanda-t-elle, soumise.

Arsène portait un manteau boutonné ; un foulard de laine était noué autour de son cou ; à le voir ainsi engoncé, Molly ne pouvait savoir que sous le premier manteau, il en portait deux autres. Arsène n'essayait pas d'esquiver les coups, il était pâle, il suait, il souffrait.

— Get on his shoulders, on his back, je ne sais pas comment te dire, baptême, cette langue-là n'a pas été inventée par des chrétiens, get on his shoulders, ce baptême-là va apprendre ce qu'est la vie de soldat.

Bérubé saisit Molly à la taille, la souleva et l'installa sur les épaules d'Arsène.

— C'est assez, dit quelqu'un qui s'était approché. Il ne put en dire plus long, un poing lui imposa le silence ; cet homme recula, étonné du sang qui coulait sur son menton.

Les villageois ricanaient.

— Mon Christ, tu vas apprendre ce que c'est que la guerre. Danse ! Ce n'est pas fini ! Danse !

La sueur brûlait les yeux d'Arsène. Sous les manteaux, son costume était trempé, comme s'il avait reçu un sceau d'eau sur lui, de l'eau bouillante. Dans sa vie, il avait porté peu de choses aussi lourdes que la petite Molly sur ses épaules, il écrasait sous le poids, mais il dansait, pour ne plus recevoir de coups, il aurait accepté de baiser les pieds de Bérubé, il dansait de toutes ses forces, il remuait à peine les pieds, ses pieds étaient si lourds à bouger, il avait l'impression d'être enfoncé dans de la neige, jusqu'aux cuisses, brûlante comme du feu et collante comme de la boue, il dansait, il aurait voulu danser encore plus pour que Bérubé ne soit plus en colère.

— Danse !

Arsène rassemblait toutes ses forces et croyait avoir accéléré son rythme.

— Danse, Christ ! Danse !

Bérubé frappait. Molly se répétait qu'elle ne rêvait pas.

— Danse plus vite !

Sur les épaules d'Arsène, Molly ressemblait à une reine. Les hommes s'émerveillaient de la pointe rose des seins sous le tulle, deux petites étoiles fascinantes. Au fond, ils n'étaient pas plus heureux que Corriveau. Ils n'auraient plus jamais le privilège de baiser du bout des lèvres de telles petites pointes roses au bout de seins si tendres. Ils ne caresseraient plus de si beaux seins tout chauds dans la main. Ils étaient tristes. Leur vie déjà était terminée. Et ils maudissaient du fond du cœur les adolescents qui dévoraient des yeux Molly.

— Allez ! Hop ! Allez ! Hop ! Vivent les soldats ! Allez ! Hop ! Danse, hostie ! Danse ! Plus vite ! Plus vite !

Cours ! Vive l'armée ! Vive la guerre ! Gauche ! Droite !
Gauche ! Droite ! Gauche… Gauche… Gauche…

Bérubé n'arrêtait pas de commander à Arsène, complètement subjugué.

— Gauche… Gauche… Droite ! Danse, puante vermine. Danse ! Vivent la guerre et ses soldats ! Danse !
Gauche droite ! Voici un obus !

Bérubé le frappa au derrière.

— Voici une grenade.

Bérubé le gifla.

— Voici une bombe.

Bérubé lui soufflait de la salive à la figure.

— Cours, pourriture plus pourrie que Corriveau au
dégel du printemps. Plus vite ! À gauche, tour… nez ! Il
ne comprend rien cet animal d'Arsène. J'ai dit : à gauche
tour… nez !

Arsène obéissait le mieux qu'il pouvait. Il courait
sur place, de moins en moins vite, la sueur lui inondait
le visage, il ne pouvait plus respirer, il avait une pierre
froide à la place des poumons, il étouffait, l'air ne venait
ni à sa bouche ni à son nez, il avait soif comme s'il avait
mangé du sable.

— Allez, soldat ! Gauche ! Droite ! Gauche ! Droite !
Gauche ! Droite ! Soldat ! À gauche, tournez !!!

Si Bérubé jugeait qu'on n'obéissait pas assez prompt-
ement, il écrasait la tête d'Arsène entre ses deux mains
qui claquaient sur ses oreilles. Bérubé était aussi trempé
de sueurs qu'Arsène. Molly avait l'impression d'être
ivre.

— C'est joli, la vie de soldat. Tu aurais aimé être soldat… Attention ; c'est une mine !

Bérubé lui décrocha plusieurs coups de pied sur
les tibias. Arsène avait-il ressenti quelque douleur ? Il
n'eut aucune réaction, nulle contorsion, nulle grimace.
Il flageolait.

— Ah ! la jolie guerre. Gauche ! Droite ! Hostie de mule, avance. Attention ! Une torpille.

Bérubé lui enfonça son poing dans le ventre. Arsène fut plié en deux par le coup. La peau de son visage était violette. Ses manteaux, son foulard de laine l'étranglaient. Aurait-il assez de force pour se relever ? Il chancelait.

Personne n'allait intervenir. Personne n'avait ce courage. Pour ne pas se sentir lâches, ils essayaient de s'amuser et réussissaient à rire comme jamais ils n'avaient ri dans leur vie.

— Marche !

Arsène avait comme une barre de fer rouge enfoncée dans le crâne, d'une oreille à l'autre. Il ne voyait plus rien, il aurait juré que ses yeux dégoulinaient le long de ses joues. Ce qui coulait, visqueux et chaud, sur ses tempes était-il des sueurs ou du sang ? Arsène s'enlisait dans un engourdissement de plus en plus profond.

— Gauche ! Droite !

Les jambes d'Arsène fondaient comme des mottes de beurre dans les casseroles de la mère Corriveau, qui se taisait comme lorsque son fils, celui qui était là, étendu dans son cercueil, entrait, soûl, et injuriait Anthyme.

Les jambes d'Arsène avaient fondu, il reposait maintenant sur son gros ventre, il ne pouvait plus courir ni danser, il était un cul-de-jatte épuisé, dans ses manteaux trempés. Arsène songeait : « Je suis complètement soûl, je m'endors, j'ai trop bu, je me laisse rouler par terre… » Bérubé le frappait :

— Gauche ! Droite ! Gauche… Gauche ! Voilà la belle vie du petit soldat. Attention ! Voici un obus !

Bérubé aplatit sa main dans le visage d'Arsène.

— Quand ces Christ d'Allemands nous laisseront-ils en paix ? demanda Bérubé.

Arsène n'avait plus de bras. Il était devenu un sac de pommes de terre mais il obéissait encore.

— Tu es un bon soldat. Gauche ! Droite !

Sur les épaules d'Arsène, Molly était humiliée.

Tout à coup, Arsène trébucha. Molly tomba sur un villageois qui la reçut comme une bûche en flammes dans ses bras.

— Narcisse, cria sa femme, ne touche pas à ça.

Bérubé s'approcha d'Arsène endormi sur le parquet. Il lui mit le pied dans le visage pour lui secouer la tête :

— C'est un vrai bon petit soldat ; pas aussi bon que Corriveau, mais meilleur que moi. Arsène est un Christ de bon soldat. Il mérite des médailles, des tas de médailles gros comme des églises. Arsène se laisse défaire. Il n'essaie pas de préserver un seul petit bout de peau. Il n'est pas avare. Un hostie de bon petit soldat.

Du bout du pied, il tourna le visage d'Arsène.

— Il se laisserait mettre en charpie si on lui disait qu'on a besoin de sa peau pour calfeutrer les murs des chiottes. Un vrai bon petit soldat. Mais il n'a pas d'uniforme.

Arsène rouvrit les yeux.

— Ce bon soldat n'a pas d'uniforme. Il lui faut un uniforme.

Bérubé le dépouilla des manteaux qu'il lui avait fait enfiler l'un par-dessus l'autre, il lui retira son veston, déchira sa chemise qu'il alla jeter dans la cuisinière à feu de bois, il arracha son pantalon, les femmes n'osaient plus regarder, les hommes grognaient de rire. Arsène, sans un geste, subissait tous les outrages, il n'était qu'un tas de chair obéissante.

— Tu es un vrai bon petit soldat, disait Bérubé qui n'était plus pâle, maintenant, qui n'avait plus les yeux hagards, son regard était maintenant plutôt doux, tu es un vrai bon soldat, tu as mérité en baptême de la patrie, il faut que tu portes l'uniforme, c'est un devoir de faire la guerre, c'est le plus beau des travaux que de faire la guerre, c'est amusant de faire la guerre, c'est agréable de faire la guerre, tu es un bon soldat, mais tu n'as pas d'uniforme.

Arsène l'écoutait, hébété, dans son long sous-vêtement de laine qui le recouvrait des chevilles au cou. Bérubé répétait : « Il te faut un uniforme », les femmes avaient un équivoque sourire aux lèvres, les hommes s'amusaient à gorge déployée. Bérubé empoigna le sous-vêtement d'Arsène à l'encolure, une main de chaque côté de la longue rangée de boutons qui commençait au cou et descendait jusqu'à l'enfourchure, sans lâcher prise, il écarta vigoureusement les mains, les boutons volèrent, le sous-vêtement tomba, la poitrine blanche d'Arsène apparut, son ventre de graisse luisante ; quand Arsène, sans résistance, eut été mis tout à fait nu, les villageoises riaient autant que leurs hommes.

Arsène, lui-même, éclata de rire.

— Soldat, n'oublie jamais que ton uniforme représente ton pays, ta patrie, our country and Liberty.

À coups de pied, Bérubé bouscula Arsène vers la porte, et le poussa dans la neige.

— Va, soldat, va m'écraser trois ou quatre maudits Allemands !

Les villageois glougloutaient en se vidant de leur rire et toutes leurs tripes avaient envie de sortir avec leurs rires. Ils se tenaient le ventre, ils pleuraient, ils piétinaient, ils trépignaient, ils s'étouffaient.

Bérubé saisit le bras de Molly sidérée :

— Darling, demanda-t-elle, why did you do that ?

— What ?

— It was a bad joke.

— Allons faire un petit dodo, a nap.

— Darling…

— Des fois, je me sens fou.

Les bougies s'étaient éteintes sur le cercueil de Corriveau. Le salon n'était plus éclairé que par la lumière débordant de la cuisine. Une lumière jaune, comme graisseuse. Les soldats avaient assisté imperturbables au massacre d'Arsène. Ils avaient regardé d'un œil impassible cette fête sauvage noyée de rires épais, de cidre et de lourdes tourtières mais le dégoût leur serrait les lèvres.

Quelle sorte d'animaux étaient donc ces French Canadians ? Ils avaient des manières de pourceaux dans la porcherie. D'ailleurs, à bien les observer, à les regarder objectivement, les French Canadians ressemblaient à des pourceaux. Les Anglais longs et maigres examinaient le double menton des French Canadians, leur ventre gonflé, les seins des femmes gros et flasques, ils scrutaient les yeux des French Canadians flottant inertes dans la graisse blanche de leur visage, ils étaient de vrais porcs, ces French Canadians dont la civilisation consistait à boire, manger, péter, roter. Les soldats savaient depuis longtemps que les French Canadians étaient des porcs. « Donnez-leur à manger, donnez-leur où chier et nous aurons la paix dans le pays », disait-on. Ce soir, les soldats avaient sous les yeux la preuve que les French Canadians étaient des porcs.

Corriveau, ce French Canadian qu'ils avaient transporté sur leurs épaules dans une neige qui donnait envie de s'y étendre et de geler, tant la fatigue était profonde, Corriveau, ce French Canadian qui dormait sous leur drapeau, dans un uniforme semblable à celui dont ils étaient si orgueilleux, ce Corriveau était aussi un porc.

Les French Canadians étaient des porcs. Où s'arrêteraient-ils ? Le Sergent jugea que le temps était venu de prendre en main la situation. Les French Canadians étaient des porcs indociles, indisciplinés et fous. Le Sergent dessina dans sa tête un plan d'occupation.

Ses subalternes se souvenaient de ce qu'ils avaient appris à l'école. Les French Canadians étaient solitaires, craintifs, peu intelligents ; ils n'étaient doués ni pour le gouvernement, ni pour le commerce, ni pour l'agriculture ; mais ils faisaient beaucoup d'enfants.

Quand les Anglais étaient arrivés dans la colonie, les French Canadians étaient moins civilisés que les Sauvages. Les French Canadians vivaient, groupés en petits villages, le long de la côte du Saint-Laurent, dans des cabanes de bois remplies d'enfants sales, malades et affamés, de vieillards pouilleux et agonisants. Tous les ans, les bateaux anglais montaient dans le fleuve Saint-Laurent parce que l'Angleterre avait décidé de s'occuper de la Nouvelle-France, négligée, abandonnée par les Frenchmen. Devant les villages, les bateaux anglais jetaient l'ancre et les Anglais descendaient à terre, pour offrir leur protection aux French Canadians, pour lier amitié avec eux. Dès qu'ils apercevaient le drapeau anglais battre dans le Saint-Laurent, les French Canadians se sauvaient dans les bois. De vrais animaux. Ils n'avaient aucune politesse, ces porcs. Ils n'avaient même pas l'idée de se défendre. Ce qu'ils laissaient derrière eux, leurs cabanes, leurs animaux, leurs meubles, leurs vêtements, était si sale, si grouillant de vermine, si malodorant que les Anglais devaient tout brûler pour désinfecter la région. Si elle n'avait pas été détruite par les Anglais, la vermine aurait envahi tout le pays.

Puis les bateaux repartaient, les French Canadians ne sortaient de la forêt qu'à l'automne. Ils s'empressaient de construire d'autres cabanes.

Pourquoi n'acceptaient-ils pas l'aide que les Anglais leur offraient ? Puisque la France les avait abandonnés, pourquoi ne voulaient-ils pas accepter le privilège de devenir Anglais ? L'Angleterre les aurait civilisés. Ils ne seraient plus des porcs de French Canadians. Ils sauraient comprendre une langue civilisée. Ils parleraient une langue civilisée, non un patois.

Habitués à l'obéissance, les soldats sentirent qu'on leur donnerait un ordre. Ils tournèrent les yeux vers le Sergent qui fit un geste de la tête. Les soldats avaient compris. Ils exécutèrent l'ordre avec ferveur.

Ils ramassèrent à travers la maison les bottes, les manteaux, les foulards, les chapeaux et les jetèrent dehors. Les villageois étaient invités à s'en aller.

Plus préoccupés de retrouver leurs vêtements que de protester contre l'insulte, ils sortirent en se bousculant.

***

Quand ils furent dehors, les pieds enfoncés dans la neige à la croûte durcie par le froid qui glaçait la salive sur les lèvres, les villageois songèrent qu'ils avaient été chassés par des Anglais de la maison du père de Corriveau, qu'ils étaient empêchés, par des Anglais, de prier pour le repos de l'âme de Corriveau, un fils du village, mort à la guerre, la guerre des Anglais. L'humiliation leur faisait mal comme une blessure physique. Des Anglais les empêchaient de se recueillir et de pleurer sur le cercueil de l'un des leurs. Chaque villageois, parce que dans le village la vie était commune, était un peu le père de Corriveau, chaque femme était un peu sa mère. Les femmes pleuraient à grosses larmes, les hommes attisaient leur colère. Chacun retrouvait peu à peu les vêtements qui lui appartenaient. Ils n'avaient plus froid. La colère les défendait contre le vent.

La mère Corriveau n'avait pas aimé la conduite des soldats ; mais elle ne pouvait le leur faire comprendre dans leur langue. Elle mettait du bois dans le feu de sa cuisinière.

— C'est à coups de rondin qu'il faudrait leur parler à ces Anglais.

Anthyme ne dit pas s'il était d'accord ou non.

La mère Corriveau, sans rien ajouter, fit signe aux Anglais de s'asseoir à la table où elle leur servit, arrosées de sauce parfumée, de généreuses portions de tourtières.

Le père Anthyme n'avait pas envie de faire boire son cidre par des Anglais qui avaient jeté dehors ceux qui étaient venus prier pour son fils. Mais il descendit dans son sous-sol déterrer d'autres bouteilles.

— Nous savons vivre, dit-il aux soldats qui sourirent parce qu'ils ne comprenaient pas.

* * *

Déserteur, pour ne pas risquer d'être pris et ramené à l'armée par les soldats anglais, Henri était resté tapi dans son grenier, immobile au fond de son lit, pendant qu'Amélie et Arthur étaient allés prier pour le salut de Corriveau. Henri respirait prudemment, il évitait tout mouvement, tout craquement de son vieux matelas qui aurait pu révéler, dans ce silence trop parfait, la présence d'un homme qui refusait d'aller faire la guerre.

Henri devait se faire oublier même de ses enfants et de ceux de sa femme, c'est-à-dire ceux qu'elle avait eus d'Arthur.

La présence, dans le village, de ces sept soldats qui accompagnaient Corriveau, lui donnait des palpitations : les soldats pourraient bien ne pas s'en retourner les mains vides ; ils étaient nombreux les déserteurs, au village. Parce qu'Amélie avait voulu vivre avec deux hommes dans la maison, Henri serait l'un des premiers déserteurs à être capturé. Les gens du village n'aimaient pas que deux hommes vivent avec la même femme. Henri savait qu'il était de trop. Les soldats le retrouveraient très vite, s'ils le cherchaient.

Il détestait sa peur comme il se détestait d'avoir perdu Amélie. Même s'il avait son tour dans le lit d'Amélie, même si elle l'appelait lorsqu'Arthur était sorti, Henri n'ignorait pas qu'Arthur était son préféré.

Sous sa peau, dans sa chair, les picotements de son angoisse le tourmentaient; il aurait eu besoin de se gratter, de se griffer jusqu'au sang. Il ne se pardonnait pas d'être un homme caché au fond d'un grenier glacial, un homme à qui on avait pris sa femme et qui craignait que l'on vînt l'arracher à ce trou noir où il avait peur, où il se détestait, pour l'amener de force à la guerre.

Le soleil était tombé très tôt derrière l'horizon comme tous les jours d'hiver où même la lumière ne résiste pas au froid. Malgré la nuit envahissante, Henri ne s'était pas endormi.

En toute justice, c'était, ce soir, à son tour de dormir dans le lit d'Amélie, mais à cause de Corriveau, il perdait sa nuit. Lui, il n'avait osé se faire voir à l'extérieur. Amélie s'était fait accompagner par Arthur pour aller voir Corriveau. Henri pensa tout à coup qu'il était aussi dangereux pour Arthur que pour lui-même de sortir et d'apparaître devant les sept soldats, puisqu'Arthur était aussi déserteur que lui. Arthur était plus criminel qu'Henri, parce qu'il n'avait même jamais porté l'uniforme. Comme il allait prier avec Amélie, Arthur avait exigé de passer la nuit dans son lit. Henri avait été dupé une fois de plus. Il se détestait. Peut-être Amélie et Arthur le livreraient-ils aux soldats? Henri s'aplatissait dans son lit et tirait les draps et couvertures de laine par-dessus sa tête. Arthur partagerait deux nuits de suite avec Amélie pendant qu'il se morfondrait dans son grenier.

Toutes les nuits, il était torturé par cette même idée: sa femme n'était plus la sienne, sa maison n'était plus la sienne, ni ses animaux, ni ses enfants qui tous appelaient Arthur: papa. Il jurait contre la guerre, il rassemblait ensemble tous les jurons qu'il connaissait, il en inventait qui remontaient du fond de son cœur, et il les lançait contre la guerre. Il haïssait de toute son âme la guerre. Mais il pensait parfois qu'il serait peut-être moins malheureux à la guerre que dans sa maison. Puis il se disait qu'il valait mieux être malheureux dans un grenier froid que malheureux dans la boue de la guerre. Il lui semblait même plus souhaitable d'être malheureux dans sa famille, dans sa maison, qu'être heureux à la guerre. Mais il savait surtout que l'homme est malheureux partout et que dans le village, le seul homme à ne pas être malheureux était Corriveau, à la condition qu'il n'y eût pas d'enfer, ni de purgatoire. Noyé dans les remous désordonnés de sa pensée, Henri s'endormit.

Il se réveilla en pensant au soleil, peu longtemps après.

L'idée du soleil l'avait réveillé à la manière d'un vrai rayon de soleil qui vous caresse le visage un matin d'été.

Le soleil d'Henri n'était qu'un mirage, une pauvre idée qui ne ravivait pas la terre morte sous la neige et la glace, une idée qui n'éclairait pas le grenier où Henri avait peur de la nuit et de ses mystères d'ombre. Henri remonta par-dessus sa tête ses couvertures pour se redonner une impression de sécurité chaude. Le soleil d'Henri n'éclairait même pas les recoins tristes de sa tête.

Henri avait rêvé d'un gros soleil, bien rond, comme un beau fruit, il le voyait encore dans son esprit, précis, haut, immense, vertigineusement immobile. Henri imaginait qu'il était suspendu à un fil ; si quelqu'un avait coupé ce fil, le soleil serait tombé en ouvrant la gueule et il aurait avalé le monde entier. Henri contemplait ce soleil. Il n'y avait rien au-dessus, ni à côté.

C'était un soleil bien seul.

Henri remarqua, sous le soleil, que se dressait quelque chose, sur la terre. Cela ressemblait à une maison, mais en observant plus attentivement, il vit non pas une maison mais une grande caisse, et y pensant mieux, c'était le cercueil de Corriveau qu'il avait vu passer dans la rue, recouvert du drapeau des Anglais. Henri voyait donc, très haut, le soleil et, sur la terre, n'existait que le cercueil de Corriveau.

À la vérité, ce cercueil sous le soleil était plus gros que celui de Corriveau car les gens du village un à un, l'un derrière l'autre, y entraient, comme à l'église, courbés, soumis, et les derniers villageois tiraient avec eux les animaux, les vaches, les chevaux, tous les autres suivaient, le cortège était silencieux. Le cercueil était beaucoup plus vaste que l'église du village car, à part les villageois et leurs animaux, entraient aussi les écureuils, les couleuvres, les chiens et les renards, même la rivière soudainement rampa comme la couleuvre pour entrer dans le cercueil, des oiseaux descendaient du ciel pour y pénétrer, et l'on arrivait des villages voisins, le cortège était ininterrompu, les gens venaient avec leurs bagages et leurs enfants et leurs bêtes, Henri était parmi ces étrangers, il entrait aussi dans le cercueil, les maisons bougeaient comme de maladroites tortues, couvertes de neige et de glace, elles glissaient lourdement et disparaissaient dans le cercueil de Corriveau, des gens venaient en foule, c'était des villes que l'on venait, en nombre immense, les gens attendaient patiemment leur tour, ils venaient en train, des centaines de trains, maintenant des paquebots géants accostaient et déversaient leur foule dans le cercueil de Corriveau, et des quatre horizons, l'on accourait, l'on se précipitait dans le cercueil de Corriveau qui se gonflait comme un estomac ; la mer aussi, même la mer s'était faite douce comme une rivière et elle se vidait dans le cercueil de Corriveau, Henri pouvait tout observer puisqu'il était à l'intérieur du cercueil, il vit apparaître des poissons à huit mains, à trois têtes, des crabes à dents terrifiantes, des insectes aussi, des bêtes tout en écailles qui semblaient des cailloux, puis il n'arriva plus rien : la mer entière avait été bue par le cercueil de Corriveau et sur toute la terre, il ne restait que le seul cercueil de Corriveau.

— Maintenant c'est fini, songeait Henri.

La terre était déserte. Le cercueil semblait maintenant tout petit, à peine grand comme celui qu'Henri avait vu passer sur les épaules des soldats anglais. La terre était muette, figée.

Henri était soulagé de ne plus penser à rien.

De l'horizon subitement déchiré jaillirent des hommes, de l'horizon déchiré en plusieurs endroits, jaillirent des groupes d'hommes à la discipline mécanique, ils étaient des soldats, ils étaient armés, ils marchaient au pas, ils étaient des armées innombrables qui marchaient l'une vers l'autre, leur marche était implacable et féroce ; Henri comprit que leur point de convergence était le cercueil de Corriveau, ils ne levèrent pas leurs armes, mais ils entrèrent, martiaux, dans le cercueil de Corriveau ; Henri attendit longtemps, il ne se passa plus rien. Sur la terre, ne subsistait que le cercueil de Corriveau sous le drapeau des Anglais.

Il s'écria :

— Je deviens fou !

Il gémit :

— Je deviens fou.

Il se dressa dans son lit. Ce n'était plus la nuit. Le jour s'était levé dans son grenier. Henri aperçut le cercueil de Corriveau. Il était dans son grenier. Henri le voyait, au fond du grenier. Une main poussait dans le dos d'Henri, une main le poussait vers le cercueil de Corriveau qui, maintenant, était juste assez grand pour contenir un seul homme : Corriveau ou lui.

— Au secours !

Il sauta de son lit, poussa les malles empilées, souleva la trappe, il se laissa descendre, il courut au rez-de-chaussée. Les enfants dormaient, les murs craquaient comme si le diable les eût grignotés.

Henri enfila les bottes d'Arthur, il passa son veston de laine, son bonnet de fourrure. Malgré le danger d'être pris par les soldats et ramené à la guerre, Henri décida qu'il irait rejoindre les autres, chez Corriveau. La porte ouverte, il hésita sur le seuil.

La nuit était si noire, le village était si bien noyé dans la nuit, la nuit semblait si profonde qu'Henri en éprouva du vertige.

Il empoigna sa carabine.

***

Les villageois, quand ils se retrouvèrent devant la maison d'Anthyme Corriveau, les pieds dans la neige aiguë comme des éclats de verre, quand ils eurent compris qu'on les avait expulsés de la maison d'Anthyme Corriveau, qu'on les avait jetés dans cet océan glacial où ils grelottaient dans leurs vêtements trempés, quand ils pensèrent que des étrangers, des Anglais, les avaient chassés de chez Anthyme Corriveau, descendant de cinq générations de Corriveau, tous habitant le village et dans la même maison sur le même solage depuis plus de cent ans ; quand ils se furent rappelé que Corriveau, un petit Canadien français, fils du village, avait été tué dans une guerre que les Anglais d'Angleterre, des États-Unis et du Canada avaient déclarée aux Allemands, (Corriveau avait été tué dans la boue des vieux pays pendant que les Anglais étaient assis sur des coussins dans des bureaux ; les Anglais sortaient quelquefois de leur abri, mais alors c'était pour aller porter dans sa famille un jeune Canadien français mort à la guerre), quand les villageois eurent compris qu'ils avaient été mis à la porte, comme des chiens qui auraient pissé sur le tapis, par des Anglais, qui n'étaient ni du village, ni du comté, ni de la province, ni même du pays, des Anglais qui n'étaient même pas Canadiens mais seulement des maudits Anglais, les villageois mesurèrent la profondeur de leur humiliation.

Gesticulant, jurant, se chamaillant, discutant, se bousculant, crachant, ivres, ils lançaient des blasphèmes enflammés contre les Anglais qui se terraient dans la maison des Corriveau.

Joseph brandit son moignon enfoui dans son pansement et cria plus fort que les autres :

— Les maudits Anglais nous ont tout pris mais ils n'auront pas notre Corriveau. Ils n'auront pas la dernière nuit de Corriveau.

***

Les sueurs ruisselaient sur le corps de la petite Mireille, son visage, et mouillaient ses draps.

Elle ne bougeait pas.

Elle n'aurait pas pu remuer ; ses membres auraient refusé. La nuit pesait comme les pierres de la télègue qui avait, l'été dernier, capoté sur elle. Seules bougeaient ses paupières. Elle ouvrait, fermait les yeux. Les paupières closes, elle voyait encore.

Mireille aurait voulu ne rien voir.

Elle levait son pied, elle le voyait, comme s'il n'avait pas été son pied, comme s'il n'y avait eu que son pied dans la chambre.

Au bout de son pied, Mireille apercevait ses orteils éclairés, elle pliait, dépliait ses orteils et les regardait bouger. Tout à coup, elle cessait. Alors son pied lui apparaissait selon sa véritable nature : il était de cire. Elle ne pouvait plus agiter ses orteils de cire, elle ne pouvait plus faire pivoter son pied sur sa cheville. Mireille n'osait toucher, même du bout des doigts, son pied de cire.

Elle aurait voulu crier, mais elle était devenue muette. Elle ne pouvait appeler à l'aide.

Mireille ne pensait pas surtout à sa peur ; elle était plutôt préoccupée de surveiller le sourire de Corriveau couché à la place de son jeune frère.

Mireille avait vu Corriveau quelquefois lorsqu'il était du village, et, aujourd'hui, elle avait vu passer son cortège.

Corriveau souriait.

Mireille savait que Corriveau se lèverait.

Elle attendait, crispée, paralysée, muette. Elle attendait, soumise.

Tout à coup, Mireille entendit le bruit de la paille du matelas. Elle vit Corriveau se lever, chercher dans les poches de son pantalon, en tirer une allumette. Avec l'ongle de son pouce, il l'alluma. Il regarda autour de lui. Puis il marcha vers les pieds de Mireille, s'éclairant avec son allumette.

Corriveau approcha l'allumette du pied de Mireille. Elle vit naître des petites flammes au bout de son pied de cire.

Satisfait, Corriveau retourna se coucher dans le cercueil, à la place du lit de son frère.

Corriveau s'étendit, s'allongea avec satisfaction, et il s'endormit en souriant.

Mireille suffoquait.

Mais elle ne pouvait rien sur ses orteils, ces dix petites bougies allumées qui veillaient Corriveau.

***

Anthyme Corriveau et sa femme avaient donc donné à manger aux Anglais comme s'ils avaient été des fils du village. Ils les observaient. Les Anglais mangeaient peu. Ils parlaient peu. Ils buvaient peu. Si un des Anglais parlait, les autres se taisaient, écoutaient. Une question était-elle posée ? Un seul à la fois répondait. Ils ne riaient pas : au lieu, ils serraient les lèvres en un sourire avare. Anthyme et sa femme ne comprenaient pas ce que disaient les Anglais, mais ils n'aimaient pas entendre les sons de leur langue à cause de leurs yeux « qui n'étaient pas francs » pensait Anthyme. Ils avaient l'impression que les Anglais parlaient pour se moquer d'eux.

— Nous sommes tous des Canadiens français, ici, songeait le père Corriveau ; mon petit garçon qui est mort est un Canadien français, tout le monde est Canadien français, toute la province est canadienne française, puis il y a des Canadiens français à travers tout le Canada, il y en a même aux États-Unis. Alors, pourquoi ont-ils envoyé des Anglais reconduire mon fils ?

Anthyme Corriveau ne put dominer une certaine tristesse ; ce n'était pas celle d'avoir perdu son enfant, mais une autre qu'il ne pouvait expliquer.

À l'entendre secouer les casseroles dans l'évier, le vieil homme savait que sa femme n'était pas satisfaite de la façon dont les choses s'étaient déroulées.

— Nous étions entre nous, tous du village, réfléchissait-elle. Nous nous connaissons tous, parce que nous avons la même vie ; nous élevons nos enfants ensemble. Mon fils est aussi le fils de tout le village. Tous les gens qui étaient ici étaient un peu ses parents et les jeunes étaient ses frères ou ses sœurs, pourrais-je dire. Même quand il arrive un malheur dans le village, nous aimons nous retrouver ensemble, nous nous partageons le malheur, alors il est moins gros. Tous ensemble, nous sommes plus forts. Alors les malheurs nous affectent moins. Pourquoi les Anglais ont-ils brisé notre réunion ? Mon fils devait être content de nous voir tous autour de lui. Mais les Anglais ont brisé notre soirée. Je m'en souviendrai toute ma vie.

La mère Corriveau n'avait plus envie de les servir à la table. Elle leur offrit trois ou quatre tourtières et passa dans le salon. Anthyme posa une bouteille de cidre sur la table et retrouva sa femme agenouillée devant le cercueil de leur fils.

Dans la cuisine, les Anglais disaient à voix basse des phrases que la mère Corriveau et son mari ne se souciaient plus de ne pas comprendre. Les mains jointes sur le cercueil, Anthyme Corriveau et sa femme oublièrent les Anglais dont la voix leur parvenait discrète, lointaine. Les vieux étaient seuls. C'était la première fois qu'ils étaient seuls avec leur fils. Ils étaient l'un près de l'autre, comme au jour de leur mariage. La mère Corriveau essuyait des larmes comme en ce jour. Anthyme avait des yeux qui ne laissaient pas franchir des larmes, mais, comme au jour de son mariage, il avait le violent désir de crier, de jurer, de se battre, de briser quelque chose. Avaient-ils vécu toute une vie pour arriver à ce désarroi, à cette tristesse ?

— Les chemins de toutes les vies, songeaient-ils, passent devant des cercueils. Ils ne pouvaient accepter que cette loi fût juste. Elle pleurait. Il rageait. La mère Corriveau n'aimait pas que la vie fût ainsi faite. Anthyme ne pouvait la refaire, mais il était convaincu que, s'il fallait passer devant des cercueils et s'arrêter à un cercueil, il n'était pas juste que l'on eût en soi l'amour si évident de la vie.

Les vieux pleuraient.

À quoi servait-il d'avoir été un enfant aux yeux bleus, d'avoir appris la vie, ses noms, ses couleurs, ses lois, péniblement comme si cela avait été contre nature ? À quoi servait-il d'avoir été un enfant si malheureux de vivre ? À quoi servaient les prières de cet enfant pieux qui avait la pâleur des saints sur les images ? À quoi servaient les blasphèmes de l'enfant devenu homme ?

Tout était aussi inutile que les larmes.

À quoi servaient donc les nuits blanches que la mère Corriveau avait passées à consoler l'enfant qui criait sa douleur de vivre ? À quoi servait le chagrin des vieux ?

Anthyme ne pouvait plus rester à genoux. Il avait envie de détruire quelque chose. Il se dirigea vers la cuisinière, prit des bûches et les jeta au feu. La mère Corriveau essuyait ses larmes avec son tablier.

— Le bon Dieu n'est pas raisonnable.

Elle voulait dire qu'il exagérait, qu'il était injuste. Anthyme revint près d'elle :

— Ce n'est pas la peine de faire des enfants si le bon Dieu en fait cela, dit-il en indiquant son fils.

Sa femme pensait aux autres : Albéric, Ferdinand, Toussaint, Gaston, Alonzo et Anatole qui étaient dans des pays où c'était la guerre contre les Allemands. Il y avait même Ernest et Naziance, dans des pays où ils combattaient les Japonais. Ils tiraient des balles, en ce moment, sans savoir que leur frère avait été tué. La mère Corriveau pensa que c'était la nuit : non, ses enfants, en ce moment, ne tiraient pas des balles, mais ils dormaient, puisque c'était la nuit. Cette pensée la rassura. Quand apprendraient-ils que leur frère était mort ? Le sauraient-ils avant la fin de la guerre ? Les lettres arrivaient si peu souvent à destination.

Tout à coup, la mère Corriveau se leva. Une image lui était venue, terrifiante, une image à la faire mourir de chagrin. Elle avait vu dans sa tête les cercueils de tous ses garçons empilés les uns sur les autres.

— Anthyme ! Anthyme ! supplia-t-elle.

Il sursauta :

— Quoi ?

Elle courut vers lui, en larmes, se blottit contre lui. Les bras d'Anthyme se refermèrent sur elle.

— Il faut beaucoup prier.

— Moi, je m'en vais dans la grange, j'ai envie de blasphémer.

**

Joseph-la-main-coupée se rua le premier. Les autres suivirent. Il fonça dans la porte. La maison fut secouée comme si un bœuf était tombé sur le toit. Les fenêtres tremblèrent. La porte, comme arrachée, s'ouvrit. Joseph brandissait son moignon au pansement sanglant :

— Nous voulons notre Corriveau ! Nous voulons notre Corriveau ! Vous ne prendrez pas notre Corriveau !

Anthyme s'avança calmement vers Joseph :

— Coupe-toi les mains, coupe-toi aussi les pieds si tu veux, coupe-toi le cou puisque tu aimes ça, mais n'arrache pas mes portes.

La mère Corriveau se tenait aux côtés de son mari, une casserole de fonte à la main, prête à frapper :

— Je l'ai prise sur le feu, elle est rouge, je vais te faire cuire une joue, toi, la-main-coupée.

Les Anglais s'étaient levés poliment lorsque les villageois étaient rentrés. Des assiettes se brisèrent sur le parquet, des verres aussi. L'on criait des menaces :

— Vous ne prendrez pas notre Corriveau !

— Retournez dans votre Angleterre, maudits Anglais de calice.

— Il y a un train demain à midi ; prenez-le et n'en redescendez pas !

Une femme remarqua :

— Il est beau, ce petit-là ; c'est dommage qu'il soit un Anglais…

— Un Christ d'Anglais, précisa son mari qui lui donna un coup de pied sur une cheville pour la punir.

— Ils ne sont même pas de vrais Anglais ; ils sont venus au Canada parce que les vrais Anglais d'Angleterre voulaient s'en débarrasser.

— Vous ne nous prendrez pas notre Corriveau !

— Notre Corriveau est à nous !

Les villageois se disputaient les Anglais. Chacun voulait en attraper un. L'Anglais maîtrisé par deux ou trois villageois, on le secouait, on lui tirait la moustache, on lui donnait des chiquenaudes sur les oreilles. Les soldats grimaçaient du dégoût de recevoir en plein visage l'haleine d'alcool que projetaient ces French Canadians, ils se défendaient peu. On les faisait toupiller. Ils chancelaient. On serrait leurs cravates, les boutons de leurs chemises volaient, les femmes s'amusaient à palper à travers le pantalon le sexe d'un Anglais : chaque fois elles gloussaient :

— Ils en ont une…

Tout à coup, le Sergent cria :

— Let's go, boys ! Let's kill 'em !

Les soldats obéirent, attaquant hommes et femmes. Les villageois redoublèrent de violence et de colère. Les Anglais se défendirent à coups de poing, ou à coups de bottes, leurs grosses bottes de cuir, ils frappaient dans les visages, dans les ventres, sur les dents, les visages étaient sanglants, l'on piétinait des corps étendus par terre, l'on écrasait des doigts, l'on se battait à coups d'assiettes, à coups de chaises :

— Vous n'aurez pas notre Corriveau.

— Let's kill 'em ! Let's kill 'em !

Les bouches crachaient du sang.

— Christ de calice de tabernacle !

— Maudit wagon de Christ à deux rangées de bancs, deux Christ par banc !

— Saint-Chrême d'Anglais !

— Nous aurons notre Corriveau !

Bérubé apparut de nouveau dans l'escalier, nu-pieds, torse nu, en pantalon. Le vacarme et les cris l'avaient réveillé. Il examina la situation. Il comprit que les soldats se battaient contre les villageois. Il sauta par-dessus les marches. Il avait envie de casser quelques gueules anglaises. Il montrerait à ces Anglais ce qu'un Canadien français portait au bout du poing.

— Atten… tion ! cria une voix anglaise. Ces mots paralysèrent Bérubé. Le Sergent avait donné un commandement : Bérubé, simple soldat, était hypnotisé.

— Let's kill 'em !

Ces mots redonnèrent vie à Bérubé. Le soldat sans grade obéit comme il savait le faire. Il frappa sur les villageois comme si sa vie avait été en danger. Il devait frapper plus fort que les gens du village et plus fort que les Anglais s'il voulait que quelqu'un le respectât.

Peu à peu, les villageois perdirent la bataille. Sanglants, brûlants de fièvre, humiliés, révoltés, blasphémant, ils s'acharnaient, et l'un après l'autre, ils se réveillaient vaincus, la tête dans la neige. Dehors, les villageois continuèrent de menacer :

— Vous n'aurez pas notre Corriveau !

Le Sergent ordonna aux Anglais et à Bérubé de sortir dehors pour terminer cette bagarre.

Sous la lumière grise de la lune et dans l'air froid qui semblait se fracasser comme une mince pellicule de glace, la petite guerre refusait de s'éteindre. Elle s'apaisait, puis, tout à coup, rejaillissait de toutes parts. L'on se tordait de douleur, l'on gémissait, l'on jurait, l'on pleurait d'impuissance.

Soudain, un coup de feu, sec, comme un coup de fouet.

***

Henri avait couru vers la maison d'Anthyme, poursuivi par le cercueil de Corriveau qui le suivait comme un chien affamé dans la nuit.

Un soldat s'était dressé devant lui. Il avait cru que le soldat voulait l'arrêter pour l'amener à la guerre.

Il avait tiré.

La bagarre fut terminée. Les Anglais ramassèrent le blessé, ils le transportèrent dans la maison, ils l'étendirent sur la table de cuisine. Le soldat était mort.

Les Anglais transportèrent la table et le soldat dans le salon, en face du cercueil de Corriveau.

— C'est bien triste, dit la mère Corriveau, je n'ai plus de chandelles.

***

Tout le monde s'agenouilla. Les Anglais priaient en anglais pour leur compatriote. Les villageois priaient en canadien-français pour leur Corriveau. Bérubé ne savait pas s'il devait prier en anglais pour l'Anglais ou en canadien-français pour Corriveau. Il commença à réciter les mots d'une prière apprise à l'école :

— Au fond, tu m'abîmes, Seigneur, Seigneur...

Il ne continua pas. Les villageois le regardaient avec de la haine : la haine pour le traître... Parce qu'il s'était battu avec les Anglais contre les gens de son village, Bérubé était devenu pour eux un Anglais. Il n'avait pas le droit de prier pour Corriveau. Les regards le lui disaient durement. Alors Bérubé décida de prier en anglais :

— My Lord ! Thou...

Les Anglais se retournèrent tous vers lui. Dans leurs yeux, Bérubé lut qu'ils ne toléreraient pas qu'un French Canadian priât pour un Anglais. Bérubé sortit.

Quelques bouteilles de cidre étaient abandonnées par terre, ouvertes. Il en saisit une et la but. Le cidre glouloutait, dégoulinait le long de ses joues, sur son torse. Puis il monta dans la chambre où sommeillait Molly. Il lança ses vêtements à travers la chambre, il arracha les couvertures et se jeta sur Molly avant même de l'avoir réveillée.

— Ma ciboire d'Anglaise, je vais te montrer ce qu'est un Canadien français...

Rêvant qu'on la déchirait d'un coup de couteau au ventre, Molly sursauta. Rassurée, elle fit semblant de dormir.

Bérubé s'agitait, frénétique, suait, geignait, embrassait, étreignait, il haïssait.

— Ces crucifix d'Anglais dorment tout le temps. C'est pour ça qu'ils ont des petites familles. Et quand les Anglais font une guerre, ils viennent chercher les Canadiens français.

Bérubé avait parlé à voix haute. Molly avait compris. Elle souriait. D'une main lente, elle caressait le dos de Bérubé qui frissonna :

— Cette ciboire-là va me faire mourir...

Molly se moqua :

— Are you asleep, darling ?

***

Quelques villageois avaient un impérieux besoin de dormir. Ils se couchèrent trois ou quatre par lit, ou sur les tapis tressés, ou sur le parquet, dans un manteau de fourrure, quelques-uns dormirent assis sur des chaises, d'autres à genoux devant Corriveau et l'Anglais. Mais la plupart franchirent la nuit comme si elle avait été un plein jour. Elle s'écoula en toute paix. Ils causaient, échangeaient des souvenirs, répétaient les aventures que l'on racontait toujours en ces occasions-là, comptaient les personnes disparues, ils se rappelaient des faits et gestes de Corriveau, ils mangeaient de la tourtière, ils buvaient du cidre, ils priaient, ils pinçaient une fesse qui passait, inventaient des histoires, ils s'étouffaient de rire, ils retournaient prier, les larmes leur montaient aux yeux : quelle injustice de mourir à l'âge de Corriveau alors que des vieillards souffrants demandaient que le

Seigneur les appelât à lui ; ils se mouchaient, s'épongeaient le front, maudissaient la guerre, priaient Dieu que les Allemands ne vinssent pas détruire leur village, ils demandaient à la mère Corriveau une autre pointe de tourtière, ils rassuraient Henri désespéré d'avoir tué un soldat : « Tu étais en état de légitime défense ; tiens, bois ! La guerre est la guerre » ; les femmes s'attristaient de voir leurs robes en si piteux état.

Les soldats à genoux près de leur collègue mort au devoir étaient si attentifs à leurs prières que Dieu lui-même semblait être à leurs côtés ;

— Vieille pipe du Christ, dit Anthyme, ces maudits protestants savent prier aussi bien que les Canadiens français !

La mère Corriveau annonça que l'heure était venue de former le cortège pour se rendre à la messe et à l'enterrement de son fils.

***

Henri veillait sur le soldat qu'il avait abattu. Les autres avaient suivi le cercueil de Corriveau porté sur les épaules des Anglais et de Bérubé dont les services avaient été réquisitionnés.

Henri avait peur. Il avait déserté parce qu'il n'aimait pas la mort. On l'obligeait à tenir compagnie à un défunt. Henri lui-même l'avait tué. Il ne craignait pas la punition. C'était la guerre. Durant la guerre, on n'est pas puni d'avoir tué. Henri était bien content que cet Anglais ne l'ait pas attaqué en temps de paix ; Henri aurait tiré sur lui, de la même façon. Alors il aurait été puni, parce qu'on aurait été en temps de paix.

Il vit son corps se balancer au bout d'une corde, suspendu à un échafaud planté dans la neige à perte de vue et son corps était un vrai glaçon : si quelqu'un l'avait touché, son corps aurait tinté et il se serait cassé en miettes, Henri avait froid, le vent sifflait en déplaçant une poussière sèche qui venait heurter son corps oscillant au bout de la corde. Henri avait froid, il boutonna son chandail de laine qu'il avait emprunté à Arthur.

Il n'était pas pendu à une corde aux grands vents d'hiver au-dessus de la neige ; c'est de froide peur qu'il tremblait. Il avait peur de cette maison où un mort était avec lui. Il coucha sa carabine sur ses genoux. Il ne voulait pas prier pour l'Anglais. Il se taisait. Il attendait.

Le vent essayait d'arracher les toits. Les clous craquaient, les solives se tordaient en geignant. Henri, comme un enfant, avait peur de cette musique de l'hiver pour un homme seul. Il aurait souhaité avoir quelqu'un avec lui. Il n'aurait pas eu peur. À la vérité, il y avait quelqu'un avec lui, mais c'était un mort qui rendait Henri dix fois plus seul. Avec quelqu'un de vivant, Henri aurait parlé, partagé du tabac. Mais un mort ne parle pas, ne fume pas.

Il écoutait.

— Que pense un mort sous son drap blanc ? Un mort déteste-t-il la personne qui l'a tué ? Un mort, s'il est damné comme ce Vierge de protestant, est-ce qu'il brûle intérieurement avant d'être enterré ? Les morts font des colères contre les vivants. Des morts qui mettent le feu de l'enfer aux granges, cela s'est souvent vu : une maison qui s'enflamme tout à coup, sans raison, c'est l'enfer. Des morts, il y en a aussi qui marchent dans les murs des maisons. Pour se consoler, on dit que c'est l'hiver qui fait se plaindre les maisons mais c'est les morts... Aussi longtemps qu'on n'a pas assez prié pour l'arracher du purgatoire, le mort vient sur la terre mendier des prières et s'il n'est pas compris, il distribue des malheurs pour que l'on pense à lui.

Est-ce Corriveau qui rampait dans les murs ?

Henri serra son fusil. Il ne tirerait pas sur l'âme d'un Canadien français. Il ne craignait pas l'âme de Corriveau.

Mais l'Anglais... Cet Anglais profiterait peut-être de sa mort pour se venger de n'avoir jamais réussi à exterminer les Canadiens français. Henri serra une autre fois sa carabine ; il était prêt à faire feu :

— S'il vient, je lui envoie une balle en plein cœur.

La maison se plaignait dans toutes ses poutres. Henri se souvenait d'un soir où il était perdu en forêt. Tout était si humide qu'allumer un feu était impossible. Un vent doux mais lourd s'était levé. Les arbres, de grandes épinettes de cent ans agitaient leurs bras et chantaient comme autant d'âmes en détresse. Après, Henri ne savait plus s'il avait entendu des épinettes ou des âmes.

Regarder fixement l'Anglais calmerait peut-être son imagination. Quand on voit quelqu'un devant soi, immobile, on sait qu'il ne bouge pas. Un mort ne bouge pas.

Il était rassuré. Il n'avait plus peur. L'Anglais sous son drap était sage comme une bille de bois. Même si le drap tout à coup s'agita, Henri n'avait plus peur. Il n'avait pas peur parce que c'était l'hiver et que du vent pouvait passer, par l'interstice d'une fenêtre, suffisamment fort pour faire trembler le drap que la mère Corriveau avait jeté sur l'Anglais.

Le drap blanc fut soulevé et une chevelure émergea. Henri fit feu.

Déjà il était sorti. Il courait dans la neige.

Henri avait tué la chatte des Corriveau.

***

Le Curé parlait. Sa langue ressemblait, lorsqu'il ouvrait la bouche, à un crapaud qui n'osait sauter :

— Veni, vidi, vici, écrivit César, qui pratiquait comme Corriveau, ce fils de notre paroisse, le très noble métier des armes, le métier le plus noble après celui de la sainteté que pratiquent vos prêtres. C'était d'une vérité militaire qu'il parlait. S'il avait parlé d'une vérité humaine, César aurait écrit : veni, vidi, mortuus sum. Je suis venu, j'ai vu, je suis mort.

Mes frères, n'oubliez jamais que nous vivons pour mourir et que nous mourons pour vivre.

Ce temps si court d'une vie terrestre, ce temps court est beaucoup trop long puisque nous avons le temps de nous y damner plusieurs fois. Prenons garde qu'un jour, le Christ ne se lasse de mourir pour effacer, laver nos consciences ; prenons garde que, voyant le déluge de nos péchés, il ne déverse sur vos têtes, mes frères, le feu de l'enfer comme, par la main de son prêtre, il avait versé sur vos têtes l'eau sainte du baptême. Peut-être la guerre, en ce moment, est-elle un peu de ce feu de l'enfer que Dieu déverse sur les vieux pays qui sont connus pour leur incroyance en ce que dit l'Église.

Une vie terrestre est beaucoup trop longue pour de nombreux fidèles qui se damnent pour l'éternité. Même de mes chers paroissiens se sont damnés, se damnent et marcheront durant l'éternité sur les serpents venimeux de l'enfer, sur les scorpions de l'enfer (cela ressemble à de petits homards, mais il y en a des gros, et qui mordent), ils auront le corps chargé de lèpre, la lèpre du péché comme on peut en voir dans les pays païens ; ils erreront, ces damnés, durant l'éternité dans les flammes qui brûlent sans consumer.

C'est pourquoi il faut bénir Dieu d'être venu parmi nous chercher l'âme de notre jeune Corriveau qui, puisqu'il est mort, n'offensera plus Dieu ni ses Saints. Notre fils Corriveau, après une vie qu'il n'appartient qu'à Dieu de juger, mais Dieu est un juge juste et impitoyable punissant les méchants et récompensant les bons, notre fils Corriveau est mort saintement en faisant la guerre aux Allemands.

Mes frères, ce catafalque noir que vous voyez devant vous et sous lequel a été placé notre fils Corriveau, vous y entrerez tous un jour comme Corriveau y est entré aujourd'hui. Pour vous comme pour lui, on allumera les flambeaux des six anges du catafalque qui symbolisent les flammes qui purifient du péché, ces flammes auxquelles vous serez soumis à cause de votre nature pécheresse et voluptueuse. Vous serez soumis aux flammes de l'enfer si vous ne vivez pas comme les anges qui les portent. Ne perdez pas de vue, mes frères, ce saint symbole de l'église.

Parce que vous êtes des hommes et des femmes, parce que la chair est faible ; vous êtes condamnés à périr dans les flammes de l'enfer, périr sans périr, à moins que le Dieu infiniment bon ne vous pardonne vos offenses.

Mes frères, pensez tous les jours de votre vie, plusieurs fois par jour, que ce catafalque où vous viendrez tous sera la porte de l'enfer si vous n'avez pas la contrition parfaite de vos fautes, même de vos fautes vénielles, car Dieu tout-puissant et immensément parfait ne saurait tolérer l'imperfection même vénielle.

Si vous étiez ce matin à la place de Corriveau qui, lui, est mort en saint à la guerre en défendant la religion contre le diable déguisé en Allemands, seriez-vous sauvés ?

Moi, votre Curé, à qui Dieu a donné le privilège de connaître, par la très sainte confession, les secrets de vos consciences intimes, je sais, Dieu me permet de savoir que plusieurs parmi vous, blasphémateurs, impudiques, fornicateurs, violateurs du sixième commandement de Dieu qui défend les fautes de la chair, ivrognes, et vous, femmes qui refusez les enfants que Dieu voudrait vous donner, femmes qui n'êtes pas heureuses des dix enfants que Dieu vous a confiés et qui refusez d'en avoir d'autres, femmes qui menacez par votre faiblesse l'avenir de notre race catholique sur ce continent, je sais que sans le Christ qui meurt tous les jours sur cet autel lorsque je célèbre la sainte messe, je sais que vous seriez damnés.

Prions tous ensemble pour la conversion de nos brebis égarées…

La mère Corriveau pleurait ; c'était donc vrai, son fils était sauvé !

***

Arsène était aussi fossoyeur. Un mort dans le village était, pour lui, un bienfait de Dieu. Il vendait un porc à la famille éprouvée et il creusait une fosse. Depuis longtemps déjà, son fils, Philibert l'aidait dans ses travaux.

Enfant, Philibert, avec sa petite pelle sur l'épaule, suivait son père lorsqu'il allait au cimetière. Arsène était fier de l'enfant : « J'en ferai un bon travailleur. » À cette époque, Philibert était de si petite taille qu'il ne pouvait sortir seul de la fosse creusée. Arsène le hissait en riant au bout de ses bras. Parfois, il s'amusait à le laisser seul dans la fosse et il jouait à l'y abandonner. Dans ce gouffre l'enfant pleurait, appelait son père à se déchirer la gorge. Arsène ne répondait pas : il vaquait à d'autres tâches. Quand il revenait, souvent Philibert s'était endormi. Arsène ramassait une poignée de terre humide et la lui jetait au visage. L'enfant s'éveillait, éperdu :

— Alors, paresseux, on s'endort à l'ouvrage ?

Arsène se penchait au-dessus de la fosse, tendait les bras, le soulevait. L'enfant sautait au cou de son père et l'embrassait furieusement. Arsène jubilait.

— Une vraie femelle, ce petit baptême-là : affectueux…

C'est à ce beau temps passé que songeait Arsène quand Philibert lui déclara, au fond de la fosse :

— La terre est gelée comme de la merde de Christ.

L'entendant, Arsène brandit sa pelle et le menaça :

— Mon petit mal embouché, je vais t'apprendre à avoir du respect pour les choses saintes.

Il planta sa pelle par terre, s'approcha de son fils et il lui enfonça sa botte dans les fesses. Le coup était indolore car Philibert avait l'habitude. Il se tourna calmement vers son père :

— Je ne me défends pas parce que tu es mon père, mais à chaque coup de pied que tu me donnes, je pense que j'ai hâte de creuser ta fosse.

Ces paroles ébranlèrent Arsène plus qu'un coup de poing. Il fut un moment abasourdi. Arsène n'était plus le père d'un enfant, mais d'un homme. Philibert était devenu un homme. Le temps avait passé bien vite.

— Tu as raison, fils, la terre est dure comme du Saint-Chrême gelé.

— La terre est dure comme un nœud dans le bois du Crucifix.

— La terre est dure comme le matelas du Pape.

À chaque juron, le père et le fils se tordaient de rire dans la fosse qu'ils avaient presque terminé de creuser. S'ils n'avaient eu les parois de la fosse pour s'appuyer, ils se seraient écroulés, tant ils riaient.

— Fils, écoute-moi. Maintenant tu es un homme. Tu sais parler comme un homme. Écoute-moi. Parce que tu es devenu un homme, je promets de ne plus jamais te botter le derrière, excepté dans des circonstances particulières…

— C'est vrai que je suis un homme ?

— Ne fais pas le naïf… Penses-tu que je n'ai pas remarqué que tu es un petit étalon au printemps ?

— C'est vrai que je suis un homme ! Hostie de tabernacle, c'est une bonne nouvelle !

— Oui mon garçon, c'est une bonne nouvelle !

Frémissant de joie, Philibert sauta hors de la fosse. Sur la terre rejetée, il se tourna vers Arsène :

— Mon vieux Christ, si je suis un homme, je fous le camp. Tu peux bien t'enterrer tout seul !

— Mon petit Calvaire ! rugit le père.

Il fallait terminer de creuser la fosse. La terre était dure, du tuf.

— Petit Christ d'indépendant ! À midi, quand tu vas venir demander ta portion de cochon, je vais te botter le cul. Tu vas apprendre ce que c'est que la vie.

Philibert marchait dans la neige vers la gare. Il avait décidé qu'il ne reviendrait plus à la maison :

— Si je suis un homme, je vais devenir soldat comme Corriveau.

Arsène creusait. La terre se détachait difficilement. Le pic mordait à peine. Arsène se dépêchait.

Les premières fois qu'il avait exercé ce métier, il avait encoché son manche de pelle à chaque villageois enterré. Maintenant, il ne les comptait plus. Il avait renouvelé le manche de sa pelle. Tout ce qu'il restait à faire était d'enlever un peu de terre et il ne pensait qu'à ce peu de terre à enlever.

— Cette terre est si froide que Corriveau s'y conservera tout frais jusque tard au printemps.

***

Ailleurs dans le monde, c'était la nuit, la guerre. Harami, venu étudier le droit commercial en Europe, avait été emporté dans le remous de la guerre.

Son devoir était de dormir quelques heures dans son sac de couchage mouillé et boueux afin d'être reposé à l'appel qui sonnerait dans quelques heures. Il ne dormait pas. Il était désespéré.

Des coups de feu lointains.

Tant d'hommes étaient morts à côté de lui et partout dans l'Europe et ailleurs, Harami avait vu tant de fois des tripes jaillir d'un ventre ouvert, il avait vu tant d'hommes noyés dans la boue, il avait vu tant de membres arrachés qui jonchaient le sol comme des plantes démentes.

Harami pensait à un homme qu'il avait vu mourir : un nouveau, arrivé la journée même. Au souper, Harami s'était trouvé à côté du nouveau. Il avait posé une question qu'Harami n'avait pas comprise. Alors le nouveau avait parlé anglais avec un très fort accent :

— Es-tu un vrai nègre d'Afrique ?

Harami avait été froissé par l'insolence de la question.

— Non, avait-il répondu avec la politesse onctueuse apprise à Londres.

— Y a-t-il bien de la neige dans ton pays ?

— Dans les montagnes, oui, il y a de la neige.

— Bon Dieu du Christ, s'étonna le nouveau, s'il y a tellement de neige dans mon village, cela veut peut-être dire que je vivais dans la montagne !

Harami avait souri.

— Il y a probablement pas les toilettes à eau fraîche, ici, s'était moqué Corriveau.

— Les w.c. sont là, avait indiqué Harami.

— Il faut faire la queue, attendre son tour. Je ne peux pas.

— Alors, allez de ce côté-là, derrière la haie.

— Thanks.

Le nouveau courut en défaisant la ceinture de son pantalon. Il disparut derrière la haie. Harami a entendu une détonation sourde : une mine. Un nuage de terre soulevée. Harami s'est précipité.

Du nouveau, il restait quelques lambeaux de chair et quelques miettes de vêtements sanglants, un portefeuille. En lisant les papiers, Harami sut le nom de Corriveau.

***

Lorsque l'on sortit de l'église, c'est le ciel que l'on vit, un ciel très haut, très lointain, profond comme la mer où auraient dérivé des icebergs car les nuages étaient blancs, durs, sous le ciel; quand les yeux se baissaient, la neige s'étendait aussi comme une mer, qui était aussi vaste, et plus, que le ciel.

Les soldats qui portaient le cercueil de Corriveau avaient les yeux fermés car la lumière reflétée violemment par la neige crevait leurs yeux rendus fragiles par une nuit de veille. La mère Corriveau en larmes s'appuyait de tout son poids sur le bras de son mari qui ne pleurait pas mais se répétait que c'était déjà lui que l'on portait en terre. Derrière les vieux parents du défunt, on avait laissé un espace inoccupé, celui des membres de la famille qui n'avaient pu se rendre aux funérailles. Puis les villageois suivaient, muets, celui des leurs qu'ils allaient rendre à la terre et au ciel. La cloche tintait, marquant le pas du cortège. La lenteur était d'une infinie tristesse.

L'on oublia peu à peu Corriveau, tout pris que l'on était à détester la neige dans laquelle on s'empêtrait et qui fondait dans les souliers et les bottes.

Finalement, l'on arriva enneigé, essoufflé, mouillé, grelottant.

Les soldats posèrent le cercueil sur deux madriers jetés en travers de la fosse. Ils se tinrent rigides sur l'ordre du Sergent :

— Atten...tion !!!

Les villageois étaient placés en cercle autour.

Le Sergent porta le clairon à sa bouche, gonfla les joues et il souffla. La terre elle-même pleurait sous la neige. Du fond des mémoires qui se souvenaient de Corriveau vivant, les larmes montaient. Ceux qui ne voulaient pas pleurer suffoquaient. Dans sa robe de mariée, Molly pleurait à côté d'Anthyme Corriveau et de sa femme. Seuls les soldats avaient les yeux secs.

Puis, retenant le cercueil avec des câbles qu'ils laissèrent glisser entre leurs mains, les soldats descendirent Corriveau dans sa fosse.

Arsène s'apprêtait à lancer la première pelletée de terre.

— Wait ! ordonna le Sergent.

Il sauta dans la fosse, retira le drapeau du cercueil de Corriveau et remonta.

— Now, you may go…

Le fossoyeur s'empressa de remplir la fosse avec de la neige et de la terre.

Le Curé, sous sa chape noire, jetait de l'eau bénite qui ne tarda pas à geler.

***

Pour Bérubé, tout n'était pas fini. Le Sergent lui commanda de trouver dans le village un menuisier qui sût construire un cercueil.

Bérubé revint, dans l'après-midi, avec un cercueil grossièrement fait. L'on y coucha l'Anglais qu'avait tué Henri. L'on recouvrit le cercueil du drapeau de Corriveau.

Bérubé pensait que sa permission allait enfin commencer.

Le Sergent lui ordonna de porter le cercueil de l'Anglais avec les autres soldats.

Ils emportèrent, sans parler, le cadavre du héros mort au devoir.

Molly marchait derrière eux. À cause de sa robe blanche, elle fut la première à disparaître.

***

La guerre avait sali la neige.

Collection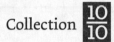

Cet ouvrage a été composé en Dolly 9,5/12
et achevé d'imprimer en août 2013 sur les presses de
Imprimerie Lebonfon Inc. à Val-d'Or, Canada.